換個夫君就好命

下

風文創 1057

若凌 著

目錄

第十九章

之後的日子，阮瀠一直在等待阮謙的動靜，以她上一世對這個庶兄的了解，他絕對不會就這麼安生地在府中待下去。

不過，她沒有先聽到阮謙的消息，反而聽到關於孟家的一個消息：盛陽郡主竟然看上了孟修言，多次於人前表達欣賞之意……

孟修言的那張臉確實吸引人，而且才能方面確實也有突出的地方。

她突然想起上輩子自己與孟修言成親不久，他就受到吏部尚書賞識外派出京，今生沈勉因為自己的緣故，很大可能並不會給他那樣的機會！

可是若他攀上盛陽郡主，這輩子的仕途應該也會順遂不少。只不過，陳楚兒應該不想要再來一個高門貴女壓在自己的頭上，怎麼可能如她所願呢？

阮瀠想到前世有關於盛陽郡主與男寵們的傳言，竟然有些期待她真的與孟家結親之後的熱鬧景象。

暫時安置在宣化街的紅珠也是時候出現，助郡主一臂之力了？

第二日，阮瀠就命人傳信紅珠。

紅珠自從被阮瀠買下來，一直留在小院子中做些活計，她自然知道阮瀠買下她的緣由，阮瀠也不需要她的感激。

紅珠心中最大的執念無非是報仇罷了，她伺候陳楚兒一直忠心耿耿，當她意識到陳楚兒可能沒有懷孕，也沒有想要背叛她。

沒想到陳楚兒卻那麼狠，直接找了由頭將她賣給人牙子，還是以那樣不堪的方式，就是打算毀了她。

所以，她安心留在這兒，就是等阮瀠傳信給她，找合適的機會讓她親自報仇。

此時，紅珠接到傳信，激動地抖著手。阮瀠給她可以改換容貌和聲音的藥水，要她重新回到孟府，伺機報仇。

紅珠這些日子也想明白了，自己跑到孟家證實陳楚兒假孕，除了損害她的名聲，讓她失去孟修言的寵愛，那又如何？畢竟她還有張氏這個姨母，裝個可憐模樣，過個幾年，時間會撫平一切，而自己肯定不會有好下場。

紅珠永遠記得落在人牙子手中的痛楚，還有被一些噁心男人上下打量，差點可能成為玩物的情況，要不是陳楚兒當時沒有別的能力，否則自己絕對會面臨更可怕的命運。

那麼她若要報復，也絕不是讓陳楚兒簡簡單單名聲掃地這麼簡單才是……

而孟家這邊，表面上還是很平靜，不過平靜之下掩藏的都是洶湧暗流。

「修言，那盛陽郡主真的對你有意，不如咱們家主動點上門求親吧？」孟母已經不止一次聽說盛陽郡主圍著自己兒子轉，多次表達欣賞的意思了。

多麼好的機會呀！盛陽郡主可是皇家之人，比阮瀠家世更高貴。

孟母一直鬱結於心的事情有了轉機，畢竟兒子一直怪她攪黃了婚事，此時有更好的女子，這事若成了，曾經被京城人人嘲笑的孟家也就可以翻身了，而且對兒子的仕途肯定是有極大的好處。

「母親就莫要操心了，兒子心中自有打算。」孟修言此時依然沒有從上次退婚的陰霾走出來，雖然表面上看起來他漸漸恢復往日的精氣神，阮瀠卻成為他心中永遠求而不可得的白月光。

即使他知道盛陽郡主對自己有意，也還沒有邁過心中那道坎。

「你這個傻孩子還猶豫什麼？這件事本來就是父母之命、媒妁之言，我怎麼就不能操心了！你是不是還放不下那個阮瀠？你們已經退婚了，人家馬上就要是璟王妃，你再惦記也沒有用了。」孟母心中實在焦急，就怕兒子一時想不開，白白耽誤了這麼好的親事。

孟修言被說中了心事，心裡一陣糾結，他不由地想，若不是娘親在其中攪和，他也不會失去那樁婚事；若不是退婚了，瀠兒也不用被指給一個殘疾為妃。

他心中越加煩躁，起身也不想再多說。

「你……」孟母被兒子又無聲離開的舉動氣了個倒仰。

阮瀠若知道孟修言心中的想法，只會覺得噁心，不說她一定會幫著治好王爺的腿，就算治不好，前世的王爺也比孟修言強上一萬倍，就這樣的人還在心中意淫她，真是恬不知恥！

隔壁房中，陳楚兒捂著自己撲通亂跳的心臟，心中也是紛亂不已。

她剛剛經過，悄悄聽兩人的談話，原來這陣子在自己籌謀的時候，外面竟然有一個郡主看上了表哥，聽姨母的意思，她很是滿意？

那自己呢？自己怎麼辦？

姨母口口聲聲說疼愛自己，可是就只想要自己做一個妾，無論自己怎麼討好，她依然不改變自己的想法，表哥都還沒有要娶貴女的意思，姨母就上趕著要替他張羅了。

她肚子裡還「懷」著孟修言的孩子呢！

不行，不能再耽擱了，看樣子姨母這條路是行不通了，自己也要趕快動手，再過些日子這肚子也要瞞不住了，她要用這個肚子為自己爭取最大的利益。

陳楚兒現在最困擾的是手邊沒有得力的可用之人，以往紅珠是她身邊最機靈的丫鬟，能力不錯，辦事穩妥，可惜她知道了自己的秘密，自己不得不處理她。

這些小丫鬟不僅伺候得不如紅珠，別的方面更是沒辦法比，就像外面郡主看上表哥的事已經傳得沸沸揚揚，她竟然沒有聽到一絲風聲，要不是今日偶然得知消息，豈不是新夫人進門了，她還被瞞在鼓裡？

不行，她要給自己挑一個心腹！

當天晚膳，陳楚兒就和孟母說要再買個丫鬟，孟母並沒有放在心上，讓她叫來人牙子自己挑。

孟母現在滿心思都是怎麼把盛陽郡主迎娶進來做自己的兒媳婦，可沒有心思想別的。

隔日，陳楚兒就讓人牙子帶人來，親自買下已經換了一副面孔的紅珠——現在取名為綠繡！

果然，這個綠繡辦事妥帖，人也不多言語，最關鍵的是，她掌握著綠繡的身契，是完完全全屬於她，而不是府裡的丫鬟，不會被孟母所左右。

曾經她也能拿到紅珠的身契，可畢竟是孟母撥給她使喚的丫鬟，所以她要有正當理由才能處置她，綠繡不一樣，她可以隨意處置，甚至決定她的命運。

殊不知，自以為隨意拿捏的人，也可能左右她的命運。

綠繡的確是個得用的人，將自己的吩咐辦得穩妥，而且打探清楚盛陽郡主的事，據說她最近對孟修言的糾纏更緊密了。

孟母那邊已經蠢蠢欲動，孟修言雖然現在沒有鬆口，只不過心裡殘存著對阮瀠的不甘心，早晚還是會被孟母所左右。

她交代綠繡幫自己準備了藥，打算這些日子就找機會動手。

這天的晚膳，孟修言沒有回府來吃，說是有同僚請客。自從盛陽郡主看上孟修言，周圍的人也逐漸將他拉回交友圈。

等到他回來，整個人已經醉醺醺了，這陣子他心裡壓著太多事情，今日就多喝了一點。

陳楚兒看他這樣子，就知道自己的機會來了。

「姨母不用擔心，我讓丫鬟熬了醒酒湯，這就讓丫鬟端過去。」陳楚兒表現出一臉賢慧。

孟母點了點頭。在她看來，夫君醉酒，就應該家中的女人照顧，雖然陳楚兒有了身孕，可是胎象穩當，又有丫鬟幫忙，根本不會有什麼事。

可是沒有等著她坐定，那邊孟修言的房間卻傳出雜亂的動靜。
孟母心中頓感不妙，趕忙衝過去，就看到倒在地上、身下流一大灘血的陳楚兒！
「姨母，快救救這個孩子，嗚嗚嗚……」陳楚兒臉色蒼白，看到孟母到來，連忙捂住肚子，然後虛弱地暈了過去。
綠繡心中感嘆這女人真是演了一齣好戲，即便自己知道實情，也不得不說，她不留一點破綻。
孟修言也嚇得清醒了。
這……怎麼會這樣？他只是輕輕一推陳楚兒，因為他最近心中煩悶，實在不想要看到她在自己身邊晃悠，所以想要她離開，可是她非要湊上來幫他更衣，他不願意就推了一下，怎能想到就這樣了！
孟母心中大急，也沒有心思追問原委，趕忙叫人去請大夫。
府內外亂成一團，有衝出去請大夫的人，有將陳楚兒扶到床上的人，還有去燒水的人，總之大家都不想在這個壓抑的房間內多待一刻。
孟修言在屋子中來回踱步，怎麼也想不通剛剛一瞬間到底事情是如何發生。
可是他也知道孩子對陳楚兒多重要，也沒有懷疑她故意的可能性……
等待的時間非常漫長，小廝終於帶來大夫。

「快，大夫，給我家外甥女看看，她流了好多血！」孟母彷彿看到救星一般拉過大夫。

老大夫之前和綠繡有過接觸，早就被買通了，把脈問診後，大夫搖著頭。

「孩子已經沒了，是個男胎，可惜了。這位夫人只需要服下老夫的藥就能流乾淨，對今後的子嗣倒是沒有什麼影響。」

孟母聽到這消息眼前一黑就暈了過去，老大夫又忙著救治，屋子裡面頓時亂成一團。

孟修言在一邊跟著焦慮，此時心中也湧現出一種愧疚。

畢竟是自己的表妹，雖然退婚這件事都是因為她，可是他也有責任。

她一個女子孤苦無依投奔了孟家，他也已經同意納她為妾，卻讓她落得現在這個境地，也是可憐。

此時，孟修言動了惻隱之心，想要好好補償陳楚兒，不過這件事他還是要好好和孟母商量才是。

送走大夫，陳楚兒也被灌了藥，剩下的就是等她醒來。

孟母因情緒激動導致昏厥，現在已經沒有什麼大礙，不到一刻鐘，人就自然轉醒了。

「怎麼會這樣？這可是一個男孩子呀！」孟母傷心。

這可是她一直期待的孫子！

「都是兒子的錯，我也沒有想到會發生這樣的事情。」孟修言此時已經完全清醒，為了不打擾陳楚兒，他們去了外間，而綠繡就留在內間照顧陳楚兒。

「你怎麼可以對楚兒下這樣的狠手呢！那也是你的孩子呀！娘知道你一直懷疑當初是娘親和楚兒設計你，可是娘親和你解釋很多次了，你怎麼就是不肯原諒楚兒呢？」孟母數落著孟修言，也想著藉此機會修補母子之間的隔閡。

「母親，兒子真的沒有傷害表妹的意思，我就是輕輕推了一下，沒想到會這麼嚴重……」孟修言趕忙解釋。

「你表妹醒來一定傷心死了，她父母已經不在了，好不容易以為有了孩子，就有了依靠。」孟母還是要為外甥女爭取最大的利益。

「母親，兒子已經想好了，是兒子對不住表妹，往事就算了，兒子打算扶表妹為正妻，這樣她應該會感到安慰。」孟修言思索再三，終於下定決心，與母親商量。

此時，在內間偷聽的陳楚兒激動到心跳都亂了節拍。

果然，表哥因為這個孩子就要給自己名分了，太好了！

「這怎麼行？你是要娶郡主的！」孟母聽到兒子這個提議，脫口反對道。

「母親在說什麼？我什麼時候說要娶郡主了？」

孟修言對於母親的篤定而不敢置信，他知道盛陽郡主對自己有意思，可是他對於如此直白對一個男子表現好感的狂放女子並不感興趣，她出身雖然高貴，但是沒有大家閨秀的婉約，不是他喜歡的類型，也不是他喜歡的相貌，不僅和阮瀠相差甚遠，就連自家表妹也是比不上。

「可是盛陽郡主不是很看好你嗎？言兒，聽娘的話，這可能是咱們家能夠攀上的最高門第了！你想想，你要是成為郡馬，是不是仕途上就會好走很多？那會像現在這樣辛苦，也不知道什麼時候能出頭？娘這都是為你打算呀！」

孟母知道兒子應該是沒看上郡主，可是人家家世顯赫呀！

「母親，不用多說了。前一段親事，兒子就是聽了您的話，才損失阮家的親事，阮瀠雖然不是什麼郡主，但是英國公府門第可比郡主家要強上不少，也沒看您這麼上趕著。現在表妹這事，兒子知道是自己錯了，才讓表妹遭了這麼大的罪，所以將其扶正這件事，兒子已經打定主意了。」

孟修言堅持著，他隱隱聽到一些風聲，這位郡主的風評並不好，不過他也沒辦法和母親解釋，他不想娶一個不檢點的妻子回來。

「你怎這麼固執呢！」

曾經對她言聽計從的兒子，自從上次退婚之後，就處處和自己反著來，孟母真的拿現在的孟修言沒有辦法。

那邊陳楚兒本來擔心事情會因為姨母的反對而再生波折，好在表哥這次對自己的愧疚異常堅定，連郡主都不想娶。

真是太好了！這個根本不存在的孩子，不僅幫她攆走阮灤，還將她扶上狀元郎的正妻之位，想一想就覺得特別滿意。

只不過這個姨母，時時想要阻礙她的好事，白費曾經對她那樣精心的照顧和孝順了。

陳楚兒悄悄回到床上躺下，想著一會兒表哥過來，她「醒來」要好好表現一下自己的傷心欲絕，這樣子才能讓表哥更加憐惜。

一旁的綠繡微微低下頭，眼中波光閃現，她此次也是留好陳楚兒假孕的證據，但現在還不是時候揭露。

等著吧！總有一天，她會好好讓陳楚兒嚐一嚐絕望的滋味！

而且綠繡剛剛趁人不注意，傳了消息出去，估計不多時，郡主那邊應該也能知道孟家母子的打算了。

陳楚兒一直夢寐以求的正妻之位，能否屬於她，可真的不好說呢！

不到半個時辰，盛陽郡主這邊就得知孟修言想要將妾室扶正的消息，十分氣憤。還沒有她周依依搞不定的男人！

她已經看上他了，他不僅不感恩戴德，還存著找別人的心思，妄想！

盛陽郡主趕忙去找自己的母親微月公主。

微月公主最是嬌慣女兒，又聽說孟修言並不似女兒身邊平常那些男子，而是才華洋溢的狀元郎，也就答應她的請求，等著明日一早進宮求見自家皇兄。

在盛陽郡主搞定母親的同時，孟家這邊陳楚兒終於醒了，此時她正窩在孟母懷中哭得不可自抑。

「嗚嗚嗚，都是楚兒沒用，沒有保護好這個孩子……我不是個好母親。」

陳楚兒的哭相依然是那麼美，梨花帶雨，滴落的淚滴就像是滴在孟修言的心上。

他想著自己已經讓一個女子失望了，不能讓另外一個深愛自己的女人傷心了，何況陳楚兒醒來之後，知道孩子沒有了，沒有一句責怪自己的話，反而是怪她自己，這讓孟修言的心中更加不是滋味了。

「楚兒莫哭了，妳表哥都知道錯了，也會補償妳的，孩子以後還會有的，你們還年輕……」孟母不得不妥協，自己也做不了兒子的主，那就算了，讓外甥女做自己的兒媳婦也不錯。

即便如此，孟母心中還是有些不是滋味，可以稱之為不甘心。不過她夫君都不在了，未來還指望著兒子養老，她總不能逆著他來，否則就算如了自己的意，與兒子之間的隔閡更大，那就得不償失了。

陳楚兒聽著，沒有止住哭聲，還是抽搐著，眼眶紅紅的樣子就像是一隻弱小的動物一般惹人憐愛。

「是啊，楚兒，這次都是表哥的過錯，都怪我喝多了，失手了！我已經和母親商量好了，等妳養好身子，出了小月子，母親就做主將妳扶正。」

孟修言終於說出了陳楚兒最想聽的話。

「這……楚兒如何能夠配得上表哥呢？我……雖然愛慕表哥，覺得能夠做表哥的妾，有資格為你生兒育女，就已經是最大的幸福了，哪裡能奢求夫人的位置呢……」陳楚兒既震驚又真情流露。

孟修言放下心中最後一點點異樣的感覺。他認為自己的選擇是對的，既然已經永遠錯過了最喜歡的女子，那麼娶一個善解人意、溫柔賢慧、母親又喜歡的女子，也許真的是一樁好事情。

「妳就不要多想了，好好調養身體，等妳好了，咱們辦幾桌酒席，好好地給妳一個名分。」孟修言安慰著。

等到兩人離開，陳楚兒終於露出得意的笑容。

綠繡繼續杵在一旁當木頭人，她知道此時陳楚兒有多開心，將來就會因為失去這個正妻的位置有多失望。

第二日，孟修言因為家中發生的事情告了假，沒有去翰林院。不到正午，竟然就有傳旨太監來孟家。

皇上親自下的聖旨，將盛陽郡主周依依賜給孟修言為正妻，擇吉日迎娶。

等傳旨太監走後，孟修言還是呆住的狀態，他明明已經接受表妹這個妻子，卻陰差陽錯要迎娶盛陽郡主。

孟母反而喜出望外，直呼蒼天保佑，自家兒子就算再不願意也沒有用了。

皇上都下旨賜婚了，哪裡容得他不願意？

孟母心中更加覺得自豪，看看自己兒子將郡主迷成什麼樣子，肯定是那邊求了聖旨賜婚的。

而陳楚兒聽到這個消息真的要暈過去了，即將到手的正妻之位就這樣飛了，自己努力籌謀那樣的一場大戲，最後還是竹籃打水一場空，這讓她怎麼能不惱火？

可是她又能如何，總不能讓表哥抗旨不遵吧？

第二十章

這邊孟家眾人各有心思，那邊阮瀠也終於知道阮謙究竟想要做什麼了。

「小姐，鶴翔院那邊傳來消息，說大少爺突然昏倒，請了大夫……」暖裯前來匯報。

自從阮謙回府，阮瀠就知道他不會安生，早早安排人盯著阮謙那邊的消息。

他告假回來，一個月就要按時返回，只有一種可能，就是他身患重病，自然可以留在京中養病。而且，他病了，祖父沒有機會再要求禁足蘭姨娘。

那麼她前段時間的安排不就要白費了？

到時候她嫁去璟王府，母親彼時還懷著身孕，這對母子尚在府中，她怎麼能夠放心？

她不會給他們這種機會！

「大哥哥生病了，做妹妹的自然要去看看才是。」阮瀠整理一下儀表，穿著家中的常服過去了。

此時的鶴翔院內還算是井然有序，並沒有出現混亂，看樣子這個庶兄才回來幾天就將院子管理得不錯。

進入正屋一看，渣爹阮寧華已經到了，此時正在焦急地踱步。

「怎麼大夫還沒有過來？再去催催。」這屋內的人可是他最疼愛的兒子，他怎麼能不著急？

轉頭看到阮瀠靜靜地站在門口，他口氣頗不耐煩。「妳怎麼過來了？」

自從阮清出事情，雖然他找不到這個嫡女的錯處，可是他就覺得阮清是替這個嫡女受罪的，而且因為父母對阮瀠的偏袒，阮清又以那樣狼狽的姿態出嫁，所以這段時間他看到阮瀠總是沒有好臉色。

「聽說大哥哥身體不適請了大夫，母親這陣子身體不適也不方便過來，所以我就跑一趟。」阮瀠彷彿沒看到自家渣爹那不耐煩的樣子，神態狀似擔心。

阮寧華本想說「妳會這麼好心」，可是這段時間父母正氣自己，他可不能再給阮瀠機會讓她去告狀，所以忍著沒有再說什麼，現在最關鍵的是長子的身體。

明明身體一直很好的孩子，怎麼就會突然昏厥呢？難道是被自家姨娘和妹妹的事情打擊到了？

最近阮寧華的心裡實在太亂了，一直寵愛的蘭姨娘因為那件事情被禁足了，他一方面有點生氣她不商量就私自行動，一方面還很矛盾，是不是自己的寵愛養大了她的野心。

一直疼愛的幼女以那樣的方式出嫁，自己又被父母所訓斥，讓他整個人備受打擊，所以長子回來了，他也沒有好好關注過。

這回，長子出了事，才讓阮寧華意識到他們母子對自己有多麼重要，想起自己曾經承諾蘭姨娘絕不會讓她受委屈，現在她被禁足在院子裡，會不會怪自己沒有為她撐腰呢？

「世子爺，大夫來了。」小廝倉皇地跑了進來，身後跟著醫術頗為出名的寶仁堂王大夫。

一行人跟著進內室。

阮瀠因為是女子，不好進成年男子的房間，就留在外間，可是這根本阻止不了松音的探查。

事實上，剛剛一進門，松音就已經告訴阮瀠，阮謙究竟用的是什麼藥了。

一種叫做「噬熏」的藥劑，對身體有些微損傷，卻能夠讓人有重病的假象，佐以一種讓人脈象紊亂的藥物，就能讓大夫診斷出頭疾，而且看起來狀態會非常不好。

「娘親這個庶兄可真是膽大，這種『噬熏』使用起來對身體有一定損害，問題倒是不大，可若是碰到硃砂和麝香會長久昏迷，也真夠冒險的！」松音在一旁和阮瀠吐槽著。

「是呢，他一直是這麼膽大，能找到如此生僻的藥，果然是在外面歷練過。」

阮瀠心中猜想阮謙未必不知道用這藥的風險，不過他素來為了達到目的而不計較後果的，就像是前世，為了得到上位者的賞識不惜暗中出賣自己的家族。

「不過這樣也好，既然他敢冒險就要有承擔後果的勇氣，而且，他不是想要蘭姨娘來照顧他嗎？那就讓她好好的照顧他吧！」阮瀠平淡地說著自己的打算。

不一會兒阮寧華帶著王大夫出來了。

診斷結果正是頭疾，加上最近情緒波動過大就比較嚴重，需要好好治療，否則可能會造成很不好的後果，目前已經不適合回邊關那種苦寒的地方。

最後大夫還說要是精心調養的話，經過一年半載，不會有太大的問題。

阮寧華自然很是焦急，伺候的人帶著王大夫去開藥、抓藥，也沒有理會還在這裡的阮瀠，徑直奔著前院而去。

兒子現在這個樣子，全都是因為家中最近發生的事情，現在阮謙又沒有娶妻，身邊也沒有可心的人照料，最合適的照顧人選還是他的親娘。

阮瀠自然也不在意，瞭解事情原委，她知道如何應對，就帶著香衾和暖裯回去自己院子。

到了前院，阮寧華開始和英國公哭訴兒子現在的可憐狀況。

英國公顧及阮謙是阮寧華唯一的兒子，雖然蘭姨娘所犯的過失讓他生氣，但是看阮寧華這個樣子，他也不想追究了，只說蘭姨娘出來若是還敢興風作浪，他絕不會再開恩，直接送走她。

阮寧華自然連連答應，並且保證一定會管好自己的妾室，接著說了不讓兒子回邊關的事情。

英國公心中嘆氣，這一個、兩個不是不成氣候，就是出了這樣、那樣的事情，現在整個英國公府就只有老二繼承自己的衣缽。

不過也是沒法子的事情，他總不能逼著一個身患疾病的孫子去邊關送死。

唉，罷了！

阮寧華自然是如意了，出前院門就迫不及待親自去蘭姨娘院子接人，希望愛妾沒有對自己失望，他已經盡最大的可能保護她了，只是不知道要如何與她說明兒子現在這樣的事情。

到了宜蘭院，蘭姨娘正在屋外廊下繡荷包，她自從和兒子、女兒見面之後就想明白了，現在最重要的事情並不是怨天尤人，而是要振作起來。兒子保證會想辦法接自己出去，所以她就安心等待著，其間做些荷包，也好在阮寧華那兒刷好感。

阮寧華一進門就看到蘭姨娘溫婉的樣子。是呀，這個愛妾一直是賢慧、善解人意的，這次算計嫡女的婚事，想來也就是一時想差了，誰能一輩子不犯錯呢？

她之所以會做錯事情，他也能理解。她一個妾室，一直被林氏母女壓著，自己母親也不是多喜歡她，人總會有不甘心的時候，這都是正常的，只要以後不做那種事情就好了，他也不會揪著她的錯誤不放。

此時看著蘭姨娘認認真真替他繡荷包的樣子，他就覺得還好親自過來了，才知道在蘭姨娘心中，他阮寧華是多麼重要。

「世子爺？您怎麼過來了？」蘭姨娘直到人在身邊才反應過來，立馬淚盈於睫。「妾還被禁足呢，爺這時候過來，國公爺和老夫人八成又要不高興了。」說著眼淚滴落，哽咽地再也說不出話來。

阮寧華上前一把摟住蘭姨娘嬌弱的身子。

這麼多年，這個女子還是如此纖纖弱質，沒有因為生兒育女而改變，真好。

「蘭兒受委屈了，沒有什麼禁足了，妳可以自由活動了。」阮寧華安慰著自家愛妾，頗為動情地說。

「這……妾犯了那麼大的過錯，怎麼會說放就放呢？妾自從被禁足，也知道自己做的事情實在是太不應該了，妾就應該接受懲罰，這樣才能減輕一點心裡的愧疚和傷痛。」蘭姨娘裝作愧疚的樣子，誠懇地剖析自己被愧疚啃食的內心。

「不說了，都過去了。妳收拾收拾，和我去看看謙兒。」阮寧華不想要她太自責，趕忙轉移了話題。

「謙兒？謙兒怎麼了？世子爺，我的謙兒……妾已經失去了清兒，不能再失去謙兒啊！千錯萬錯都是妾一個人的錯……」蘭姨娘心中有一瞬間的心慌，不過她轉念想起兒子的話，知道這估計是兒子使得法子，所以全心裝起了悲切。

「妳別擔心，謙兒只是生病了，大夫說好好將養著沒有大礙的，而且我也和父親說了，不讓謙兒回邊關去了，妳就好好照顧謙兒，沒事的。妳也見到清兒了，她現在在武陵伯府挺好的，她有娘家撐腰，沒有人敢傷害她。」阮寧華趕忙安慰著她，看著她傷心的樣子，他心裡也跟著很難受。

「那咱們快去鶴翔院吧，妾要看到謙兒才安心。」蘭姨娘真的擔心兒子為了救她出去使了什麼極端的手段，還是趕緊去看一眼才安心。

蘭姨娘看到兒子的時候也是嚇了一跳，阮謙整個人面色慘白，臉色極差，顯得奄奄一息，靠在深色的軟枕上格外虛弱。

即便知道可能有什麼隱情，蘭姨娘心中也揪痛起來，不自禁落下淚來，惹得阮寧華又是一陣心疼，連忙安慰起來。

蘭姨娘表示要暫時住在鶴翔院來照顧兒子，阮寧華沒有什麼不應允的。忙活了一通，阮謙終於是轉醒了。

一家人說了幾句話，阮寧華還有別的事要處理，就留母子二人在這裡，自己先出去了。

等到把伺候的人都屏退，留了可信的人守著門，阮謙才偷偷告訴蘭姨娘自己服用了一種秘藥的事，他只是看起來嚇人，對身子沒有太大影響。

「真是太神奇了，你是從哪兒弄到這種藥，可是穩妥？」蘭姨娘還是不放心，怕這藥有什麼不知道的隱患。

「姨娘放心，兒子在邊關的時候偶然得了一個古方，雖然有點破損，但沒有失掉最主要的成分！」阮謙實話實說，知道姨娘這是不放心自己。

「那怎麼行呢？你怎麼敢隨便使用，萬一有什麼忌諱怎麼辦？」蘭姨娘大急。這不是胡鬧嗎？想要裝病也不能用這種來歷不明的方子呀！

「姨娘放心好了，兒子都考慮到了，悄悄找大夫看過，配方上不會損害身體，為了穩妥，兒子也偷偷找人試藥過一段時間，停藥之後就慢慢恢復，沒什麼後顧之憂！兒子也不會常用，再用上十天半月，等事情辦成就停了。」阮謙對自己的身體還是很重視，再三查驗才敢用在自己身上。

「唉，你這麼說的話，姨娘也沒什麼好叮嚀的，只是不忍心你為了姨娘這樣傷害自己的身子。」蘭姨娘一想到曾經風光的母子要靠這樣的手段復寵就有些心酸，更多的是對林氏母女的憤恨。

憑什麼她們要透過這種苦肉計才得以翻身，而林氏卻自然得到全家上下的關注，阮瀠也是安然無恙的！

「為了留在京城，為了姨娘，兒子做這些都是應該的。還好有這藥，否則兒子可能還必須得受些皮肉之苦才能達到的效果，現在輕鬆達到了，也算是一樁幸事！」阮謙並不在意那點小小的損傷，他身子底子本來就好，沒什麼大問題。

「姨娘知道了，這些日子就安心照顧你，找機會多給你補一補，總不會讓你身子虧損的。」蘭姨娘感動於兒子的孝心。

這邊母慈子孝，你感動了我，我也感動你。

那邊，阮瀠已經知道蘭姨娘被解除禁足並且渣爹親自去接的事情。

阮寧華的所作所為再次噁心到她了，他的行為就是告訴所有人，即便蘭姨娘傷害到她這個嫡女，他英國公世子，這府裡未來的主人也依舊向著蘭姨娘！

那好，就不要怪自己不留情了！

阮瀠進了空間，和松音配置硃砂和麝香的藥液，因為這樣明顯的兩味藥無法直接使用，她們需要配製成那種不引人注意的藥水。

「娘親，這種方法對人有些難度，還是要我來。」母女倆試了很多方法還是不能成功，最後還是松音決定用仙界的提取方法。

「這樣不是會損失妳好不容易恢復的修為嗎？」阮瀠擔心這樣對松音不好。

「沒什麼大問題，只是有一點點損耗，等娘親和爹爹成親之後，我就能補充回來了。」

松音倒是不太在乎，因為娘親就要嫁給爹爹了，她還是等得起。

一想起前些日子，祖母和太后定下十一月十六這個日子就要大婚，阮瀠還是感覺有些不真實，曾經不敢奢望的事情竟然成為現實，總是讓人有種飄飄然的感覺，此時松音一提及，她竟然有點愣。

等到處理完家裡這些不省心的人，她就可以安安心心地嫁入王府陪伴王爺，替王爺療癒腿傷了。

松音很快施展仙術，提取兩種藥材的精華，而且最神奇的是藥液無色透明，像是清水一般。

不過這種方法還是對松音有影響，本來凝實一些的魂體有些微變淡。

阮瀠心疼極了，趕忙下廚做了一些好吃的給她，安慰損失法力的小丫頭。

松音卻是滿臉不在乎，還在一邊臭屁地顯擺自己有多厲害！

阮瀠在一旁看到她那個樣子就覺得很可愛，內心飽漲著幸福的情緒。

她應該滿足了！前世求而不得的王爺，今生將是自己的夫君，就連孩子也跟著自己重生，還給了自己無限的機遇和守護，又有什麼不滿意呢？

不過該解決的事情還是要解決才好，否則成天被別有用心的人算計著，真是讓人感覺太糟糕了。

阮瀠陪松音嬉鬧了一會兒，就出去處理接下來的事情。

她早就在鶴翔院安排自己的人手，現在這事情做起來並不棘手，雖然她安排的人不能參與到熬藥，都是蘭姨娘帶著親信丫鬟親自做這件事，但是倒藥渣、洗藥壺還是沒有問題。

由於松音提取的藥液無色透明，自己的人完全沒有暴露的風險。

一切進行得很順利，蘭姨娘精心伺候阮謙，母子兩個藉著這機會，能夠有更多時間籌謀自己的事情，比如如何對付林氏肚裡這個孩子。

「姨娘現在被盯得緊，沒有靠近夫人那邊的機會，不過當初我在青鸞院那邊安排一個修剪花草的丫鬟，謙兒你看看可是能派上用場的地方？」蘭姨娘向兒子坦白。

「兒子這次回來才發現在青鸞院那邊安排的眼線都已經被祖母那邊清算了，現在也就那個丫鬟可用了。不過母親也不用著急，兒子想要等到阮瀠成親那日，送完親，林氏回來的時候動手，豈不是神不知鬼不覺？人還會以為是林氏自己捨不得女兒而沒有注意，到時候孩子也大了，一屍兩命也不是不可能，咱們……」

不得不說，阮謙的算盤打得真好，也一直相當膽大，不過能不能如意，可不是他說了算。

當初阮清讓那個丫鬟在青鸞院外面埋藥的時候就驚動了阮瀠，這段時間阮瀠也沒有放棄查證，範圍就那些，雖然這個丫鬟平時不顯山不露水，也本分低調，家世上更是沒有紕漏，但是人下意識的反應騙不了人。

經過幾天細心觀察，還是被阮瀠發現端倪。

不過阮瀠沒有立刻就動手，一來不想打草驚蛇，二來這顆棋子用好了說不定會有什麼意外的效果呢！所以派人盯著她的一舉一動，並親自仔細交代林嬤嬤。

林嬤嬤是見過大宅裡這些陰私手段的人，而且孫嬤嬤更在行照顧林氏這一胎，由林嬤嬤負責林氏的安全最合適不過了。

不過三天，阮謙逐漸衰弱，等到蘭姨娘感覺出不對勁，要去請大夫來看的時候，已經晚了。

府中傳出大少爺又昏迷的事情，這次英國公也重視起來，也讓人遞帖子去請了太醫來。

之前的王大夫來看過了，很是納悶，明明上次看就是嚴重的頭疾，這次一看卻看不出什麼來了，人反而昏迷不醒。

「大少爺可是又受了什麼刺激？正常按照老夫的藥來醫治，不會出現這樣的問題。」王大夫想不到別的理由。

這次英國公和老夫人也過來關心了，阮瀠自然跟在老夫人身後，默默地聽著這一番話。

耳邊傳來松音的嬌軟聲音。「本仙的手段讓你這個凡人能看出來，我就白混了唄！」

阮瀠險些忍不住自己的笑意，用帕子捂住嘴咳嗽了一下。

好在屋內眾人都在關注阮謙的病情，沒有人注意這邊的動靜。

蘭姨娘聽到大夫的話，心中很是煎熬，明明兒子這病是裝的，自然他沒吃王大夫開的藥，這陣子熬的都是滋補的藥，不過這事她也不能說出來。

問題難道是出在兒子偶然得來的藥方上嗎？可是兒子不是說找人看過沒問題，而且有人試過藥嗎？

這可要如何是好！蘭姨娘心中六神無主，只能在床邊垂淚。

過一會兒太醫也來了，一番看診，又問了王大夫先前的一些情況，也沒有看出到底出了什麼問題，因為現在脈象上看，阮謙的頭疾是有些嚴重，會短時間再次昏迷，只能歸結於情緒上的事。

「國公爺，令孫應該是情緒太激動導致昏厥，也與頭疾有些關係，下官先開個方子，等用過看看效果吧。」劉太醫保守地說道。

蘭姨娘想反駁兒子並不是情緒激動，也沒有什麼頭疾，可是她不能說出來，她猜測兒子這次突然昏厥和他吃的藥有關係，然而她什麼也不能表示，只能忍著自己的情緒，想著自己偷偷再請大夫來看。

阮瀠在一旁看著蘭姨娘目光閃爍的樣子，心中暗暗好笑，果然她知道阮謙的實際情況，但是現在騎虎難下，什麼也做不了的滋味，應該很難受吧！

第二十一章

一天一天過去，阮謙彷彿睡著了，就這樣不醒人事。

各種名醫、太醫都請過了，可是誰也不知道是什麼問題。

其間蘭姨娘曾懷疑過是林氏或阮瀠下手，可是她們沒有留下一點痕跡，而且她知道兒子服用過來歷不明的藥物，更傾向於應該是那個古方的問題。

她私自找了大夫來看，卻沒有人了解那種藥，也探查當初試藥之人是誰。

沒想到，從阮謙的親信小廝處得知，那人已經被阮謙處置了，唯一的希望也斷絕了。

阮清回來過一次，看到自家哥哥和姨娘這個樣子也是無能為力。現在她勉強在武陵伯府站住腳，已經不像剛開始那般戰戰兢兢，但是那寵愛如何得來，她比誰都知道那其中的屈辱，本來還想著未來有哥哥可以指望，現在看來……靠誰還不如靠自己實在！

等到她懷孕了，她一定要把阮瀠欠自己的，一點一點討回來！

然而，阮清想懷孕這件事，可能不能如意了。

且說老夫人知道阮瀠會醫術，似乎還有點本事，這些日子她都在糾結是否要開這個口。

這一日，阮瀠過來請安，老夫人屏退左右。

「好孩子，妳老實告訴祖母，是不是知道阮謙這病是怎麼回事？」老夫人想確認到底是阮瀠動的手還是別的狀況，還有阮瀠是不是有辦法。

「不敢隱瞞祖母，孫女確實知曉一二。」阮瀠大概能猜出祖母問話的意圖，不過她有自信在祖母心中的地位絕對超過阮謙，所以也不打算隱瞞。

「那……」老夫人沒有想到阮瀠這麼坦率就承認了，自從出了孟家的事情之後，她眼見著這個孫女一點一點地轉變，不再處處忍讓，不再那麼單純，與蘭姨娘的一雙子女也慢慢疏遠了。

「祖母，孫女沒有辦法，大哥哥似乎使用了什麼禁藥，應該是想要製造自己生病的假象，似乎又用了相剋的東西，才昏迷不醒，孫女也不知道如何使他醒過來！」這次阮瀠就沒有那麼坦誠交代了，阮謙使用禁藥不假，可是那相剋的東西自然是她的手筆了。

「原來是這樣……」老夫人沒想到是這個原因，也一下子就明白阮謙為何使用禁藥。

林氏懷孕了，蘭姨娘卻被禁足，他要是不想辦法留下……

真是貪心不足蛇吞象，為了利益什麼蠢事都能做得出來！

老夫人沈思良久，阮瀠在一旁靜靜喝著茶水，並沒有再開口說什麼。祖母睿智一輩子，不需要多說，她老人家自然什麼都能想明白。

「祖母知道了。除了祖母，妳對任何人都不要提及這件事，就裝作不知情。妳的醫術以後要低調，咱們這種人家也不指望妳出去治病救人，有時候身上的本事大了，反而會遭人惦記。」老夫人想了想，囑咐道。

她知道阮瀠的醫術有蹊蹺，當初聽了她的解釋，雖然不明白事情，卻也不想追究，這個嫡孫女是她最喜歡的小輩，她只希望她過得好。

阮瀠抬起眼眸，了解祖母話中的深意。在整個英國公府之中，祖母時刻地關注她、點撥她，且真正想要保護她。

阮瀠止住即將上湧的淚意，起身福了福。

「行了，回妳的院子繡嫁衣吧！妳二嬸雖然打理精細，但妳自己也要上心。還有兩個多月就要出閣了，日子雖好，就是冷了些，祖母讓人準備一些好皮子，妳好好找人做幾件大氅！」老夫人不想再理會阮謙的事情，只打算和自家老頭子提一下這件事，至於病因來歷，她會幫著阮瀠遮掩。

阮瀠應聲後就離開了。

自己即將出嫁，到時候母親還沒有生產，阮謙已經構不成大威脅，阮清不在府中，剩蘭姨娘可能會在婚禮那天搞事，還是要格外注意。

阮瀠知道最近自己渣爹屢屢示好，也沒有得到蘭姨娘的回應，她一顆心撲在救阮謙身上，若是知道阮謙沒救了，後果可想而知……

畢竟現在的蘭姨娘，女兒給人做妾了，兒子無緣由昏迷不醒，就像是走向懸崖的困獸，渴望拉一個墊背的。

神奇的是這個渣爹明明最疼愛阮謙，上輩子家族被阮謙弄得覆滅，他也沒有責怪他，反而帶著他出逃了。這輩子這個大寶貝昏迷不醒，他還有心情搞這些情情愛愛的事情！

難道是自己一直會錯了意，上輩子渣爹之所以會帶著阮謙走，完全是出於對蘭姨娘的愛？

那麼，今生，如果蘭姨娘再次犯錯無法被饒恕，渣爹會做出什麼事情呢？

想一想還有些讓人期待！

當晚老夫人就和英國公說了阮謙可能服用禁藥的事情。

英國公大怒，覺得這個孩子本身能力可以，就是學了他姨娘那些歪門邪道。

本來這些日子，英國公還積極幫助求醫問藥，此時彷彿被一盆冷水澆滅了熱情，歇下了那些心思。

阮謙這樣也許是命運吧！

林氏如今懷的孩子，大夫都說很可能是個男孩。

想來這些年寧華一直沒有嫡子，已經把他們母子的心思養大了，阮謙費盡心思想要留在京城做什麼，不用思考也能明白。

不說阮謙的能力比不上老二，老二也沒有想要和寧華爭什麼位置，他一個庶子也真敢妄想！

那麼，眼下這個狀況未嘗不是好事。

接下來的日子，阮瀠真的乖乖地準備成親的事，和祖母請來的嬤嬤學習宮廷禮儀。

宣化街的藥鋪也走上正軌，由於藥劑和藥丸方便攜帶，效果很好，成了京城裡十分紅火的藥鋪，現在阮瀠的身家可是越發豐厚了。

此外，她每個月出門兩次為秦氏治療，幾個月下來效果顯著，得到沈家上下的認可，秦氏也喜歡阮瀠性情，兩人成了知己！

璟王府這邊籌備璟王的大婚事宜，鄭皇后為了唯一的兒子將身邊最得力的嬤嬤都派過來。

祁辰逸也接受自己母親的好意，所以還沒到十一月，王府就已經帶著一股濃濃的喜慶之意。

幾位皇子不是沒有羨慕或者想要搗亂的人，不過想了想到底是英國公府的親事，又是太后親自賜婚，祁辰逸在皇位之爭上沒有什麼指望，也都歇了心思。

此次婚事籌備起來萬事順遂。

鄭皇后看著兒子十分配合的樣子，就知道這個兒媳婦的人選真的是合他的心意，心中也是十分歡喜。自從兒子受傷，她已經沒有別的想法，只要他還能有歡喜的時候，那些權力、地位都不那麼重要了。

等阮瀠這個媳婦進門，兒子的日子應該就不那麼冰冷了，她能看出來，阮瀠對嫁給殘疾的兒子，不僅沒有排斥，反而十分欣喜的樣子，說不定，真的是佳偶天成的一對。

當然，這個世上有佳偶就有怨偶。

前段時間，盛陽郡主也是匆匆奉聖旨嫁入孟家，即便孟修言不甘願，陳楚兒費盡心思，依然名正言順霸占了正妻的位置。

婚後，盛陽郡主在家世低微的孟家也沒有掩飾自己本性的必要，在新婚幾天的時候佯裝幾天的賢慧，後來就逐漸顯出跋扈刁蠻的性子。

不僅陳楚兒一個妾被她折騰得厲害，就連張氏這個婆婆也沒有討到什麼好。

孟母實在沒想到盛陽郡主是這個性子，嫁進來不僅沒有為人媳婦的自覺，更是處處讓自己不痛快，兒子也被她折騰得不願意回府，寧願在翰林院裡整理那些沈悶的文書。

這才剛過不到一個月，一想起來未來漫長的共處日子，她就覺得十分痛苦。

當然，孟母只是看不慣盛陽郡主的作風，處處以皇家身分不給她面子，對兒子也不會噓寒問暖，反而想要使喚兒子，也沒有想要在仕途上幫忙的意思。

而真正痛苦的人是陳楚兒，她就是一個小心思頗多的女子，可是盛陽郡主完全是屬於「一力降十會」那種類型，無論你如何作態，我就是用身分地位壓你、折騰你。

至於孟修言，他根本看不上盛陽郡主這種沒有一點女子美德的人，所以只能往外逃。

所以說，有些人家算是把自己的陽關道走成了獨木橋！

十一月十六日。

原本昨兒還有些寒涼的天氣，今日因為晨光的綻放帶了絲絲暖意，彷彿不是冬季，有那麼點春的意思。

晴空萬里無一絲雲朵，陽光普照閃著耀眼的金光。

看這日頭，有人說璟王妃是個十分好的新娘子，就連天公都作美。

閨房這裡，阮瀠早早起床準備，為了保持自己精神，她特意在空間中休息。

松音從一早上開始驚嘆連連，原來人的婚禮竟然這麼複雜，她在話本上看到的成親與事實根本不一樣。

阮瀠起床，由丫鬟們伺候著沐浴更衣，有喜娘為她挽面上妝，林氏親自來為她梳頭，家中和親近的女眷來給她添妝。

阮清也來了，看著整個雅芙院上上下下都在忙碌、熱熱鬧鬧的樣子，對比她出嫁的時候，她心中無比嫉妒。

阮瀠坐在梳妝檯前老實地被人擺弄著，還要哄懷著孩子且情緒越發敏感的林氏。女兒大了要出嫁，林氏自然高興，可是也實在捨不得。

阮瀠向林嬤嬤遞了眼神，要她再精心些。她早就吩咐過，今日人多眼雜，一定要萬分注意，尤其是她離開家之後，絕不能有一點點輕忽。

這時，老夫人也來了，看著一身鳳冠霞帔、貌美無雙的孫女，心中既歡喜又不捨。周圍眾人直誇，阮瀠一定是京城最美的新娘，也是最美的王妃……

這個早上，匆忙、熱烈，夾雜著眾人不同的情緒。

等到外面傳來鑼鼓嗩吶的喜樂，阮瀠真正沈浸在今日是自己大喜之日的氣氛中，也是自己夢想成真的日子。

又等了一會兒，祁辰逸由慶源推著輪椅，進了阮瀠的閨房。

太后本來不想祁辰逸親自去迎親，本想要別的兄弟代勞，畢竟他這個樣子也不方便騎馬，可是他想要親自來，便乘坐馬車來迎親。

一進閨房，就見到一身大紅喜服、蓋著蓋頭、身姿窈窕的佳人。

而女方這邊見到一身紅衣的璟王爺，也不得不驚嘆他確實有皇家的高貴氣質，人長得無可挑剔，只不過是腿殘疾了，也依舊掩蓋不住他的風華絕代！

怪不得是曾經京中貴女們最嚮往的婚配對象！

一番禮儀流程之後，祁辰逸先被推了出來，由阮寧華揹著阮灤出門。

兩人一起被送進那輛十分精緻華美的馬車。

新郎、新娘在一輛車內，也算是京城獨一份了！

百姓們皆知璟王爺在戰場上傷了腿，不僅沒有嘲笑，反而街上響起陣陣鼓掌叫好聲，甚至有的未婚女子還頗為羨慕這樣子的成親方式。

喜樂喧天，鞭炮齊鳴，英國公府撒出的喜錢像是下了一場錢幣雨。

十里紅妝，三書六禮，阮灤安心地坐在大紅馬車上，駛向了祁辰逸和她的家……

馬車上的兩人都沒有開口，唯有兩個人的呼吸氣息。

本應該美好靜謐的環境，松音一直在嘰嘰喳喳和阮灤分享看到的一切，此時就聽到小丫頭在驚呼。

「娘親，爹爹在偷看妳，表情好肉麻！」松音發出怪怪的聲音。

阮瀠心中微微湧上一些甜蜜。王爺在偷看她，看來他娶自己為王妃，不完全是為了能夠給他治腿。

「啊啊啊啊啊！娘親，我有理由相信爹爹對妳動了情，他已經偷偷看妳五次了，那眼神真的絕了。」松音又突然尖叫。

阮瀠感覺自己要控制不住表情，整個人為了克制情緒，身軀有著微微抖動。

「怎麼了？是不是沒吃東西有點不舒服？」

祁辰逸果然在觀察阮瀠，發現了她的動作。

「沒……沒有！」阮瀠被他突如其來的聲音弄得有點慌張。

「嗯，有哪裡不舒服告訴本王。」祁辰逸說道。

「啊啊啊啊，爹爹耳朵紅了！娘親，上輩子爹爹也這麼容易害羞嗎？」松音又一波尖叫。

阮瀠回想，上輩子，阮瀠遇到王爺的時候，他經歷了很多的事，後來兩個人在一起，他已經是攝政王了，情緒內斂很多，不輕易表現出自己的情緒……

啊，也有可能是自己沒有發現……

一路上胡思亂想，夾雜著松音的童言童語，迎親隊伍回到璟王府，又是一輪撒喜錢、鳴鞭炮，街邊的孩童在歡笑……

這一切的熱鬧感動周圍的百姓，算是大雍朝少有的婚禮盛景！

拜堂儀式是由帝后親自住持，畢竟祁辰逸是他們唯一的嫡子，而且他為了朝廷做出的貢獻，以及外祖家的勢力，都配得上這樣的場面。

宣帝不介意給祁辰逸這樣的榮寵！

總之，璟王爺的大婚典禮，除了他腿的不完美以外，處處都很完美。

拜堂之後，阮瀠順利被送入洞房。

等到祁辰逸揭開蓋頭的時候，滿屋子的人都被阮瀠的盛世美顏驚呆了。

眾人當然知道京城第一美人，可是此時阮瀠身著大紅色繡鸞鳥的喜服，頭戴繁複華美的鳳冠，眉間點綴著紅色的花鈿，白皙的面龐，閃耀如璀璨星子的眸子……

真真是一幅絕美的風景！

來鬧洞房的幾位皇子心中不由得捶胸頓足，這樣的絕色竟然就這樣便宜了這個殘廢，這樣的美貌真是可惜了！

別人如何，阮瀠不在意，她此時滿眼都是自家王爺那張俊逸的臉龐，堅毅的眸子，直挺的鼻梁，還有此時微微上彎的嘴角。

看樣子他還是滿意的吧！

想到這裡，她對著璟王爺微微一笑。

綻放的笑容奪去祁辰逸的全部心神，這樣一個美貌如洛神的女子，今後就是自己獨有的了……

掀了蓋頭，大家還要重返酒席，祁辰逸自然也離開喜房，臨走的時候吩咐人給王妃送些好消化的飯食過來。

整場婚禮都是完美的，今日發生的唯一波折就是阮瀠出門之後，老夫人看林氏有些疲憊，就讓她回去休息，剛剛回到院子裡差點出意外。

林氏並沒有受傷，只不過受到一點驚嚇，孫嬤嬤看過了也說沒事。

英國公府上下還在招待親友和一些客人，此事暫時沒有聲張出去。

動了手腳的丫鬟被當場捉住，因為阮瀠一直派人牢牢盯著她，所以被抓時是人贓俱獲。

林嬤嬤按照阮瀠早就安排好了，回稟老夫人，將蘭姨娘悄悄看管起來，就等著忙完喜宴再來處理。

王府這邊，暖裯悄悄過來稟報。「小姐，家裡傳來消息，世子夫人平安，那丫鬟被關在柴房，蘭姨娘也被秘密看管起來了。」

阮瀠點了點頭，薛嬤嬤在一旁提醒。「不能再叫小姐了，該叫王妃。」

暖裯吐了吐舌頭，答應著。

這個薛嬤嬤真的是很嚴謹的人，人確實有本事。既然老夫人把她給了阮瀠，阮瀠經過一陣子觀察，也覺得可用，這次出嫁自然就帶來璟王府。

此時薛嬤嬤看阮瀠已經沒有別的掛心事情，便湊到跟前，將今日打探來的消息娓娓道來。

「璟王府伺候的人不少，王爺身邊跟著親信小廝慶源和侍衛，沒有貼身伺候的丫鬟。咱們正院這些伺候的宮女，還是訂婚後內務府準備的，看起來還算穩妥，但是看得出來也有有心人安排容貌姣好的丫鬟。」

「據老奴所知，璟王爺以前不近女色，但是自從……表現出對娶您為王妃的興趣，很多人自以為王爺是開竅了，覺得有機可乘了……」

香衾和暖裯兩個聽到這些，覺得宮裡的人就是癡心妄想，那些庸脂俗粉怎麼和自家小姐比。

「倒是無妨，若是不安分，打發出去就是了。」阮瀠倒是不擔心，前世陪伴王爺那麼久，他是什麼樣的人，她自認還是有些了解。

「這王府裡有點臉面的人就是葉總管和王爺的奶娘姚氏，只是姚氏的女兒迎春在王府裡似乎有些特別，雖然不貼身伺候王爺，卻是唯一能收拾前院內室的人。」薛嬤嬤這話意有所指。

阮瀠自然也知曉葉總管和姚嬤嬤，都是最忠心不過的人，一個打理內宅，一個處理外務，都是極為得用的。

至於那位迎春姑娘，前世她進府的時候也聽說過姚嬤嬤這位女兒，不過那時候迎春已經嫁出去了，而且嫁得有點遠，不知到底是什麼情況。

以後再注意吧！

阮瀠只是點點頭，表示知道了。

薛嬤嬤說完府內的一些消息後就退到一邊，伺候的事情主要還是香衾和暖裯兩人來做，她跟著阮瀠甚少做伺候人的事，更多時候是充當謀士的角色。

對於這個新主子，薛嬤嬤不止一次感嘆自己的福氣，她看人很準，這位可是個有福氣的人。

而阮瀠也很滿意薛嬤嬤，自己身邊正需要這樣的人才。

招待完賓客，祁辰逸回了喜房，喜房內燃起的紅燭照得整間屋子明亮異常。

「可用過晚膳了？」祁辰逸看著坐在拔步床上身著紅衣的阮瀠，此時她卸去繁複的鳳冠霞披，更突出那張得天獨厚的臉。

「已經用過了。王爺可是喝多了酒？」阮瀠前世伺候祁辰逸太久，養成了一些習慣，下意識就想要為他做些什麼。

不過看到杵在一旁的薛嬤嬤已經開始準備茶水，她才意識到今世自己已經不是伺候他的阿默，而是他明媒正娶的王妃了。

「沒有太多。」祁辰逸不太習慣來自陌生人的關懷，但是對於阮瀠的關心則是接受得非常自然。

他一邊接過薛嬤嬤遞過來的茶水抿了抿，一邊推動著輪椅走向喜床。

他們還有合巹酒要一起喝。

飲完合巹酒，阮瀠臉色微紅，兩人的長髮剪下一點，結髮裝在她早就準備好的鴛鴦荷包裡……

結髮為夫妻，終於，她真正成為能夠與祁辰逸攜手並肩的女子了。

兩個人分別去沐浴更衣，祁辰逸自然是慶源跟著，現在他的腿還是不方便，必須要有人伺候。

而阮瀠則沒有要人進來伺候，她對於接下來會發生的事情有些許緊張，想要自己靜一靜。雖然前世兩人已經有過肌膚之親，甚至連孩子都有了，但是此時她還是有些不自在。

可能是際遇變了太多，那時候兩人已經十分熟悉了，而此時兩人對彼此都有那麼些陌生。

不過她也不能一直待在浴室，最後換好大紅色的寢衣回房，祁辰逸已經坐在床上等著她。

本來阮瀠還想先幫祁辰逸看一看腿，可是一進入內室，撞進祁辰逸那雙深邃似乎含著迷離的眸子，阮瀠忘記了想要說的話。

乖乖走到喜床前，坐在祁辰逸身邊，她的心臟前所未有的撲通亂跳成一團。

「妳可後悔？」祁辰逸不知道為何突兀地問道。

阮瀠抬起眸子，神情疑惑。

她為什麼會後悔？她有什麼理由會後悔呢？他可知道，能夠成為他的王妃，她有多麼歡喜？

「本王的意思是，妳當初來王府說要做本王的側妃，看到本王現在這個樣子，是不是會後悔當初的決定？」祁辰逸看著那窈窕的身影靠近，自己明明怦然心動，卻還要糾結這個問題。

「王爺永遠都不需要問臣妾這個問題，因為我永遠都不會後悔。說出來王爺可能不會相信，當我知道能夠嫁給王爺為正妃，我是多麼歡喜，不是因為王妃之位的尊貴，而是我終於有理由能夠名正言順地站在你的身邊……」阮瀠鼓起勇氣表白自己的真心，因為她看到祁辰逸隱藏在執著發問之後的小心翼翼。

她太了解他了，她明白他糾結的原因，是因為他也對她上心了。

所以她沒有任何隱瞞自己的情意，甚至可以說是直白表示自己內心的愛慕之情。

「為什麼？」

果然，祁辰逸無法相信為什麼阮瀠這麼確認自己的情感。

他已經不是那個威風凜凜的三皇子，不再是那個英姿勃發、百姓稱頌的大英雄，他只是一個殘了腿的男人，甚至原本自己最有勝算的皇位，也沒有爭取的資格。

「因為我心悅王爺！」阮瀠直接表白。

自從傷了腿以來，他逐漸失去自信和意氣風發，現實的種種讓他不得不直接面對那些血淋淋的事實——他就是廢了。

前世他沒有再動過心思娶個女人過門，反而是確定阿默對他的情意，才有進一步的發展，實際上，他只有確定別人是真的心悅自己，才肯靠近別人。

所以，今生阮瀠想要用最直白的感情和內心去貼近他。

前世他們都太苦了，就連溫柔繾綣都夾雜著絲絲酸澀，他失去自己的驕傲，她自卑於自己的創傷，他們都沒有辦法堂堂正正地相愛和快活。

今生，不一樣了，阮瀠會徹底治好他，讓他重新站在萬眾矚目之中，曾經屬於他的一切，她都會陪著他得到。

想到這裡，阮瀠趁著祁辰逸還震撼在她的表白之中，主動用雙手撫上祁辰逸俊逸的臉龐，紅唇慢慢貼上他的。

璟王府的洞房花燭夜自然是要喜燭長明的……

此時的英國公府也是燈火通明，因為阮寧華正在為自己的愛妾和英國公夫婦爭論著。

「母親，您怎麼能不分青紅皂白就將蘭兒扣下了呢？林氏的事情怎麼就能肯定是蘭兒所為，她這段時間為了謙兒的事情操碎了心，您怎能這麼做？」阮寧華一反過往不敢反駁父母的樣子，主要是今天喜宴上他喝了不少的酒，一聽到愛妾被母親為難，就沒有控制自己的情緒。

「老大，你就是這麼和你母親說話的？」英國公看著嫡子這個糊塗樣就怒從心中起。今天可是阮瀠出閣的好日子，他那個不安分的妾室還在今日對林氏動手，本來就觸及英國公的底線，此時再看他依舊如此袒護蘭姨娘，就直接呵斥道。

「哼，你怎麼知道我沒有證據？你倒好，為了一個女人竟然開始質問你的母親！」

老夫人也很失望，她怎麼也沒想到阮寧華這個性子，竟然會為了蘭姨娘與自己爭執。

「母親，就算有證據，也肯定是林氏等人的陰謀，您不能因為蘭兒曾經犯過錯就直接認定她的罪行。」

阮寧華並不相信老夫人口中的證據，他知道那證據就是林氏院中的一個小丫鬟，而且是當初老夫人派去的人，怎麼可以隨便就牽扯到蘭姨娘身上？她明明為了阮謙的事情費盡心神，哪有時間去琢磨這些事情？

「看樣子你就是覺得這事是冤枉蘭姨娘了？好，那咱們就讓她們當面對質。」老夫人不願意和阮寧華在此糾纏，既然他如此相信蘭姨娘，那就讓他好好看看。

不多時，蘭姨娘和那個叫蕓兒的小丫鬟就被帶上來。

跟來的人還有林氏身邊的林嬤嬤，此時她一方面來說明今日的情景，一方面也算是代表林氏來等待一個最終的說法。

老夫人自然是要林嬤嬤先將事情經過交代清楚了。

林嬤嬤沒有一絲隱瞞，將整個事情的經過，包括前次林氏院子外面被人埋下與月季花相剋的藥物，然後在青鸞院暗中查探可疑人物，直至將目標鎖定在這個小丫鬟身上。然後透過對這個小丫鬟的監視，找到她背主的證據以及與蘭姨娘這邊的接觸，才能避開今日的陰謀種種。

林嬤嬤一一列舉出來，其中詳細到時間、地點、證據和人證都一一提供出來。

小丫鬟看到事實已經不容狡辯，當場痛哭失聲，將蘭姨娘以其弟弟的生命安全要脅的事情交代出來。

因為，剛剛有人偷偷告訴她，已經幫助她弟弟擺脫蘭姨娘的控制，所以她再也沒有顧忌，將事情原原本本地交代了，包括阮清教唆她埋藥，以及這次蘭姨娘要她下手讓林氏一屍兩命的事情。

蘭姨娘怎麼也不敢相信，事情會走到今天這個地步，就像是有人挖好陷阱，等待自己一步步掉進去一樣。

「蘭姨娘，妳還有什麼話好說？」英國公聽到這背後的事情，心中翻滾著怒意。原來蘭姨娘母女都想要向林氏下手，卻又彼此沒有商量，一個是出手打草驚蛇，一個則是直接被甕中捉鱉，真是……

蘭姨娘想要說自己是冤枉的，一切都是林氏那邊的陰謀，可是在眾多人證和物證面前，她似乎已經無力回天了。

阮寧華已經不知道要如何言語，他怎麼也沒有想到事情真相竟然是這樣子，小女兒因為想要害林氏產下死胎，暴露了青鸞院中的下人，然後一步步被人監視著，進而發現了蘭姨娘的陰謀。

怎麼樣也無法說蘭姨娘是無辜的了。

「妾沒有什麼好反駁的，反正現在妾的女兒也入武陵伯府為妾，妾的兒子又昏迷不醒，妾已經不知道有什麼指望，所以想要夫人一屍兩命。都是妾的錯，清兒讓人埋藥，也是妾以死相逼清兒才安排的，都是妾的主意。」蘭姨娘自知百口莫辯，只能將所有責任攬在自己身上，如此一來英國公府還是清兒的娘家。

英國公夫婦自然知道蘭姨娘的意圖，也不會繼續容忍其在府中興風作浪，所以當即讓人將蘭姨娘送入別莊懺悔她的罪孽，永生不可以再回國公府。

蘭姨娘聽到這個責罰癱在地上，她爭強好勝一輩子，原本一切都盡在掌握之中，是從什麼時候開始變了呢？

阮寧華聽到這個處罰，還想要為蘭姨娘求情。

英國公不想再聽他的蠢話，著人將他帶回自己的院子，以「治家不嚴」的名義將他禁足一個月。

至於這個世子之位，老兩口還是要好好想想……

第二十二章

祁辰逸不到寅時就轉醒過來，垂眸看著此時抱著自己手臂睡得香甜的人兒，心中感覺一陣柔軟。

有多久了？自從他從戰場回京到現在，他再沒有睡過一頓好眠。

昨晚的失控更是祁辰逸畢生都沒有經歷過的感覺。

這一切的不尋常，讓他今日醒過來的時候還有一些懵，他從來沒有想過有一天自己能夠如此之快接受一個人，接受自己的床榻增添別的溫度。

這也沒什麼不好不是嗎？既然自己失去了那麼多，上天送給他這樣一個女子，算不算對自己的補償？

想到這裡，他不由自主將人圈進懷中……

而阮瀠也早就醒了，昨晚的一切歷歷在目，她有些不好意思，即便知道身邊的人醒了，她也沒有勇氣睜開眼睛，只能繼續裝睡。

前世她作為一個侍婢，每次事後都沒有繼續待在床榻之上，因此以這種繾綣的姿勢留在王爺身邊也是從來沒有過的經歷。

感覺到他的目光在自己臉上游移，最後整個人被圈進一個溫暖、寬闊的懷抱，阮瀠只覺得此時就是人生中最幸福的時刻。

她平穩著自己的心跳，裝作不經意地用手環住祁辰逸勁瘦的腰，臉也貼上他精實的胸膛。

時間在溫情中慢慢流逝，屋外的晨光一點一點地流淌進屋內，伺候的下人們陸續起床開始一天的活計。

新婚第一天，璟王夫婦要進宮謝恩，即便眼下的氣氛讓人依戀，兩人也不得不趕忙起來收拾。

有了王妃進門，慶源自然不好出入兩人臥房，作為祁辰逸的奶娘姚嬤嬤本想要過來伺候，阮瀠阻止了，她親自動手為他更衣，然後在香衾的配合下幫他束髮漱洗。

姚嬤嬤在一旁看得驚訝。這王妃出身英國公府，也是大家千金，怎麼看她伺候起王爺如此熟練，彷彿做過千百遍似的。

還真讓她猜對了！阮瀠前世做阿默的時候，她就是王爺的貼身侍婢，後來也是她接手慶源的活計。

「辛苦妳了！」祁辰逸也有一些尷尬，小嬌妻親自忙前忙後替他穿衣束髮，雖然說符合規矩，他還是覺得有些彆扭。

「這有什麼辛苦的，這是臣妾應該做的！」也是她願意做的，這句話阮瀠沒好意思當著一屋子的下人說出口。

不過短短兩句對話，兩人之間流動的那種情愫，讓屋內眾人一大早彷彿置身於蜂蜜之中。

此時，臥房外的門廊正站著一個容貌嬌俏的丫鬟，打扮得更精緻一些——正是姚嬤嬤的女兒迎春！

她本想藉著這次慶源不方便進房伺候的機會，重新得了這份差事。王爺十三歲之前也是她伺候的，然而，新王妃做了所有事情，她杵在這裡就很多餘！

薛嬤嬤自然看到廊下站著的綠衣婢女，一見姚嬤嬤就知曉那人的身分，也猜到那人大概的想法！

阮瀠也有所感覺，心中有數，不過想到上輩子這位迎春姑娘的未來，她也就沒有出手的必要了。

那時候沒有自己這個王妃在，祁辰逸都沒有接受這個人，今生更是不可能。自己若是插手了，說不定姚嬤嬤會與自己產生齟齬，上輩子姚嬤嬤算是待自己不錯，她自然要記得這份人情。

一切準備就緒，兩人來不及用早膳，匆匆忙忙穿上朝服就進宮去了。

此時京城的街道上，並沒有什麼人，昨日剛剛成婚的兩人在馬車中也不知道要說些什麼。

祁辰逸本身話不多，阮瀠曾經做阿默的時候無法言語，也習慣安靜地待在一邊。

昨晚被阮瀠放養在空間中的松音終於能夠出來，在一邊抱怨連連。

「娘親，妳簡直太不夠意思了，就這樣將本仙放在空間裡，哼哼！」

阮瀠總不能說他們洞房花燭夜要做少兒不宜的事情，不方便讓她圍觀吧？

「不過有個好消息喔，空間又升級了呢！」松音抱怨完又分享了這個喜訊，她沒透漏自己的身軀變得更加凝實，打算等娘親進來空間之後給她個驚喜！

阮瀠震驚，不過隨即想起上次與祁辰逸待久一會兒，空間就隨之升級，這一次他們……

「有什麼變化？」阮瀠的好奇心被勾起來。

「不告訴妳，誰叫妳昨晚不讓人家出來！」

沒錯，松音就是故意的。

阮瀠失笑，這小丫頭的報復心還挺強，可是……怎麼辦？晚上還是不能讓她出來啊！

就這樣和松音溝通了一會兒，馬車已經到了皇宮門前。

因為祁辰逸身分特殊，身體狀況也很特別，所以此次進宮他們沒有在宮門口下馬車，而是直接奔著太后宮殿而去。

「妳見過皇祖母與母后，她們都很喜歡妳，不必擔心。」快抵達的時候，祁辰逸突然出聲，想來是怕她緊張，特意安慰她。

「嗯，臣妾知曉了！」阮瀠點了點頭。

她家王爺雖然不愛說話，心裡卻是關注她的情緒，這是一個很好的開端。

兩人下了馬車，阮瀠從慶源手中接過輪椅，推著祁辰逸徐徐前行。

皇后果然也在太后宮中，看到阮瀠推著祁辰逸進來，兩個人雖然都穿著朝服，可是很相配，男俊女美，唯一的遺憾就是祁辰逸的腿……

想到這裡，鄭皇后悄悄濕了眼眶，趕忙用帕子輕輕拭了拭眼角。

今日是這麼好的日子，她可不能表現出來。

「孫兒、孫媳給皇祖母請安，給母后請安。」

璟王夫婦進殿給兩位長輩請安，因為宣帝還沒有下朝，一會兒兩人還要去聖乾宮請安。

「好孩子，免禮吧！」上首太后慈愛地說。

鄭皇后也笑著點點頭，一看下首的小夫妻，彼此互動流淌著溫情，心中就十分欣慰。

她們心裡都清楚，祁辰逸的腿基本上也就這樣了，能夠治好的機率微乎其微。曾經英姿勃發的好少年，下半生不得不待在輪椅上，不能馳騁沙場，再無問鼎皇位的可能，那麼能夠娶一個可心的王妃，也算是未來生活的一點點安慰吧！

祁辰逸伸手拉起阮瀠，兩人目光交會中有些淡淡的情愫。

太后更樂了，看這個勢頭，她都要期待一下抱曾孫的事情了。

「你們兩個可用過早膳了？」

兩人回說沒有，正好太后也有意等著他們小兩口，就一起去飯廳用早膳。

宮中的早膳十分豐盛，樣式精美，松音饞得不行，在一旁撒嬌自己也想吃。

阮瀠實在禁不住她的懇求，偷偷用寬大的朝服遮擋著，偷渡一些小巧的吃食，也是驚險非常。

用過膳，鄭皇后帶著兩人回自己的鳳藻宮。

這次是慶源推著祁辰逸，鄭皇后和阮瀠走在前面，兩人分享著一些趣事，氣氛十分愉快。

祁辰逸看著前面兩人快活的樣子，心裡難得暢快極了。

自己這個王妃真的選對了吧？

阮瀠聽著鄭皇后分享著祁辰逸小時候的趣事，覺得十分可愛。

小松音也在一旁笑自己這個爹爹。

明媚陽光下，樹影婆娑，一行人的喜樂也顯得尋常起來。

到了鳳藻宮，宮女奉上今年南邊進貢的新茶，幾人還沒說上幾句話，外面就稟報，凝貴妃來給皇后請安。

鄭皇后的臉色頓時變得不那麼好看了。

這個劉雨凝，明知道今日是逸兒和王妃進宮的日子，偏偏這個時候來湊熱鬧，想也知道是不安好心！

阮瀠神情也凝住了。

上輩子最後查明，祁辰逸廢了這雙腿，就是凝貴妃指使人動手腳。為了她的兒子四皇子，她毀了祁辰逸的未來。

然而，祁辰逸沒有登頂的希望之後，四皇子雖然受宣帝寵愛，外祖家實力卻最為不濟，明面上處處受制於五皇子，暗地裡七皇子陰招頻出。

混亂的爭權奪勢後，最後還是祁辰逸擁立皇叔家的嫡孫為帝，自己成為攝政王。

此時聽到這個罪魁禍首的到來，阮瀠心中湧起一股怒意。即便上輩子祁辰逸也為自己報了仇，可是那又如何？只有她知道失去雙腿的祁辰逸過著什麼樣的日子，以及時時承受的痛苦。

她勉強壓抑住這種情緒，並告訴自己，今生會治好她家王爺，一切都會不一樣，而這些虧欠過王爺的人，她都不會放過！

松音感知到娘親的情緒，這次空間升級，她與阮瀠之間的聯繫更為緊密，她不知道凝貴妃是什麼人物，竟惹得娘親如此氣憤。

祁辰逸緊了緊拳頭，他也清楚凝貴妃的作為，不過眼下她榮獲盛寵，他還不方便動她，慢慢走著瞧吧！

鄭皇后沒有理由拒絕凝貴妃拜見，點了點頭。「請貴妃進來吧……」

「皇后姊姊，是妹妹叨擾了。」凝貴妃身著紫色華麗宮裝，一臉明媚笑意地進入鳳藻宮正殿。

到了殿中，凝貴妃隨意行了禮，明明紫色並不是張揚的顏色，卻被她穿出一種張揚的嫵媚！

阮瀠細細打量眼前的女子，明明已經是一個成年皇子的母親，卻根本沒有一點老態，反而是逼人的嫵媚，五官也說不上處處精緻，但是搭配在一起，加之骨子裡透出的韻味，都讓人無法忽略面前這個女子的光芒。

反觀自己的婆母鄭皇后，五官十分精緻，氣質端莊，保養得很好，但是那種嚴肅的氣場，與凝貴妃完全不同。

「免禮吧，說什麼叨擾。正好逸兒夫妻進宮來請安，在本宮這兒等著陛下下朝呢……瀠兒，這是妳凝母妃……」鄭皇后客氣道，雖然心中不快，但是作為一國之母的氣度，讓她不能將情緒放在面上！

阮瀠按規矩行了禮，微微翹了翹嘴角。

她看到凝貴妃身後有位打扮頗為不俗的姑娘，看那姑娘長相與凝貴妃有幾分相似，尤其是從骨子裡流淌出的那種嫵媚！

這種時候帶著一個姑娘來，想來也不是什麼好事。這個凝貴妃估計是把祁辰逸給廢了，但是還擔心他們生出嫡孫，對四皇子有威脅……

把別人當成傻子，看不出她的那點野心？呵！

果然，凝貴妃點頭受了阮瀠的禮，轉身介紹起身後的姑娘。「這是我的內姪女，最近進宮與我作伴。鶯歌，給皇后娘娘和璟王爺璟王妃請安。」

那姑娘上前一步行了禮，很是規矩，聲音婉轉，真的人如其名，猶如黃鶯歌唱。

鄭皇后點了點頭，讓人搬凳子過來給凝貴妃，卻沒有給劉鶯歌賜座。

鄭皇后浸淫後宮多年，今日逸兒夫婦進宮，凝貴妃竟然帶著一個未婚姪女來自己這裡，怎麼看也不是單純地認人，那她自然不會給她面子！

雖然鄭皇后希望兒子後院充盈，能夠早日開枝散葉，可是她並不糊塗。別說這個劉鶯歌和她姑姑一樣一臉狐媚樣，就算是個好對象，她也不會這個時候給自己的兒媳婦添堵。阮瀠可是自己兒子好不容易合心意求娶的對象，她自然不會給她沒臉。

劉鶯歌默默站在凝貴妃身後，凝貴妃即使有些面子上過不去，不過也沒有說什麼，她正打著自己的如意算盤，她知道鄭皇后那關並不好過，祁辰逸自從受傷之後變得冷漠寡言，所以凝貴妃打算直接從阮瀠那裡下手。

自己怎麼樣也算是她的長輩，諒她也無法直接反駁，只要打開這個突破口，事情就成功一半了。

「逸兒媳婦果然如人家說的那般傾城國色，頗有大家閨秀的風範，這也是逸兒好福氣！這樣的可人兒，本宮看了也喜歡，只是逸兒現在腿不方便，瀠兒怕是不會照顧，本宮這個姪女最是溫柔細心、妥帖穩重，最是會照顧人，讓她去幫著瀠兒伺候逸兒吧！」凝貴妃開始自說自話。

松音一聽這話就暴走了。「這個老女人是不是有什麼毛病，信不信本仙一把藥粉讓她永遠開不了口……」

雖然預想到凝貴妃的打算，阮瀠還是沒想到她會有這麼無恥的發言，聽著松音突然開始吐槽，她險些繃壞表情。

這丫頭，脾氣越來越……

不過，凝貴妃既然已經開口了，她自然不會客氣就是了，真當自己在後宮中榮寵萬千，就能什麼事情都如意了？手未免伸得太長了！

鄭皇后想要反對，可是凝貴妃對著阮瀠直接開口，出於教養，她沒有馬上出手，另一方面也是想要看看阮瀠是什麼性子，畢竟她已經是王妃了，有些事情也要自己能獨當一面才是。

「謝謝凝母妃的好意，只是母后已經撥了很多人去王府伺候，真的不需要更多的奴婢了，再說劉小姐是官家千金，在我們府上為奴婢，也是耽誤她的前程。」阮瀠一臉善解人意，話聽著也客氣，可是把凝貴妃話中的意思歪解徹底。

凝貴妃也是傻眼了。這個璟王妃恐怕腦子不好，她什麼時候說要鶯歌為奴婢了？任誰也不會那麼理解自己的意思吧……

「母后，是這樣的，媳婦雖然剛剛嫁入王府，也是恪守婦德的，照顧王爺本來就是媳婦的責任，實在不敢假手於外人。」阮瀠轉而對鄭皇后保證道，一臉信誓旦旦。

鄭皇后自然配合地點頭。「瀠兒這話，本宮明白，本宮自然是信得過妳，如果妳府中伺候的人不夠，儘管和母后提，確實不需要劉姑娘這樣的大家小姐紆尊降貴做奴婢！」

不得不說，鄭皇后也是夠促狹的，將凝貴妃的話直接堵在那裡。

凝貴妃覺得這些人腦子有問題，皇后跟著裝什麼傻？她就不信皇后不知道她的意思。

「這……環王妃誤會了，本宮不是這個意思，本宮……」凝貴妃試圖解釋自己的意思，她想要鶯歌入府為側妃。

阮瀠端著無辜的表情對著凝貴妃，就等著看她想說什麼。

凝貴妃不愧對她的厚臉皮，直接說出目的。「本宮是說以鶯歌的品貌可以入環王府為側妃，幫著環王妃一起伺候逸兒是再合適不過的人選……」

「不要！」這時在一旁沒有說話的祁辰逸終於出聲了。

凝貴妃沒想到自己的話又被人打斷了，而且還是剛剛一直沒有出聲的祁辰逸。

她知道祁辰逸求賜婚的事，但是她一直以為，男人都不會拒絕多一個女人，尤其鶯歌這樣嫵媚動人。

「逸兒，本宮知道你和環王妃剛剛成婚，正在濃情蜜意的時候，可是你身為一個皇子，總要為子嗣考慮，你後院總不可能就環王妃一人……」這番話說得苦口婆心，不知道的人還以為她是多麼為祁辰逸著想。

「凝母妃，令姪女實在有礙觀瞻，本王還不至於這麼不挑剔。妳既然真的喜歡，就做主替四皇弟納了，他後院妃妾眾多，可是也沒有開枝散葉呢！」祁辰逸直接回絕，還是如此讓凝貴妃無法轉圜的理由。

阮瀠聽到自家王爺開口就嘲諷劉鶯歌的長相，雖然覺得這樣不太好，但是心裡暗暗歡喜。

松音在一旁連連為爹爹叫好。

劉鶯歌聽到璟王爺嫌棄自己有礙觀瞻，頓時臉紅如紙，羞憤異常。雖然她和第一美人的璟王妃是有些差距，可是也絕對不醜，甚至她自認長相上雖然不如，可是嫵媚渾然天成的氣質可是迷倒不少貴公子，沒想到璟王爺竟然如此說！

在場眾人身分高貴，即便她已經想要捂臉逃走，也只能尷尬地站在原地。

「逸兒，不得如此說話。凝妹妹，妳也知道逸兒，他自從腿傷了就心情不好。劉姑娘也不要把他的話放在心上，既然逸兒不喜歡那就算了，總不能不顧及孩子自己的意思。」

看著凝貴妃憤怒的樣子，鄭皇后適時開口，表面上雖然不偏不倚，可是凝貴妃知道今天自己這一趟算是白來了。

本來她想直接對著阮瀠開口，沒準兒能讓她吃下這個啞巴虧，畢竟長者賜不可辭，只要鶯歌進了璟王府，不僅讓剛成婚的兩人從此有隔閡，更重要的是能夠以此來做些別的事情，幫助自己的兒子掃除隱形的障礙。

沒承想，阮瀠根本不如一般大家閨秀那麼好擺弄，反而她這一攪亂，到現在自己的算計落空，還丟了面子。

「妹妹也是一片好心，既然如此，妹妹就告辭了！」再留下去也是徒留尷尬，凝貴妃起身告辭。

鄭皇后點頭讓宮人送客，阮瀠也起身行禮。

劉鶯歌更是一直低著頭，慢慢跟著自家姑母離開。

「哎喲！」怎知凝貴妃走出大殿竟然一腳踩空，摔下臺階，外頭一陣混亂。

鄭皇后讓人去叫太醫，吩咐宮人把凝貴妃抬去偏殿。

誰都沒有想明白剛才發生什麼事，只見凝貴妃走得好好的，突然就摔下去。

當然這些人不包括阮瀠，因為她已經聽到松音在一旁嘟囔。「妳這個壞女人給我娘親添堵，本仙非要好好教訓妳！」

「妳是什麼時候有這種本事的？」阮瀠倒是沒有怪松音自作主張，在她看來，凝貴妃今日興風作浪也是想要謀害他們夫妻，更別說上輩子她欠了王爺一雙腿，今生吃點苦頭，她自然不會手軟。

松音看自家娘親沒有生氣，小聲地說：「人家還沒找到機會告訴娘親，不只是空間升級了，本仙也恢復一些能力嘛！」

第二十三章

由於凝貴妃在鳳藻宮這一摔，徹底打亂環王夫妻請安的事。

宣帝匆匆來了，因著凝貴妃摔傷了腿，就直接跟著她回碧蓮宮。

阮灤只是行了禮，就算是拜見過了。

鄭皇后本想留小倆口在宮中用過午膳再回去，但是因為凝貴妃的事情，大家也沒有心情再吃，祁辰逸就帶著阮灤出宮了。

在出宮的馬車上，新婚小夫妻因為今日一起反抗凝貴妃，氣氛不再那麼沈默。

祁辰逸一想起新婚小妻子用狀似無辜的神情，把凝貴妃弄得啞口無言，就覺得很喜悅。「是不是餓了？咱們一會兒直接去添香酒樓吧！」

阮灤自然不會拒絕，雖然她現在很好奇松音的變化，還有空間升級後的模樣，可是白日裡她也沒有機會進去，所以出去吃飯也好。

一行人去了添香酒樓，要了樓上的雅間，點了幾道招牌菜。

「王爺真的覺得那個劉鶯歌長得有礙觀瞻嗎？」在等菜的工夫，阮灤好奇地問。

在她看來，劉鶯歌五官不只不醜，反而還頗為出色，要不凝貴妃也不會打著讓她為側妃的主意。

祁辰逸沒想到自己的小王妃還糾結著這個問題，難道，她是一個小醋罈子？

「確實是醜了些，和妳相比差太遠了。」祁辰逸實話實說，他確實不喜歡劉鶯歌那一種類型，主要是從小看著父皇頗為寵愛凝貴妃，他就很反感那樣的女子，正好劉鶯歌與凝貴妃如出一轍，他自然就覺得礙眼極了。

阮瀠聽他這麼說，心裡覺得有些甜。前世遇到王爺的時候，她的臉上有疤痕，又不能開口說話，一直很自卑，那時候她根本不敢想像自己在王爺心中是什麼形象，今生她竟然能夠親耳聽到王爺誇她美！

這邊氣氛正好，小夫妻說說話，溫情默默流淌。

碧蓮宮中，宣帝安置好凝貴妃之後陪伴了一會兒，就因政務繁忙而離開。

這會兒，四皇子祁辰炤得了消息，從宮外趕回來，看到母親包得像粽子的雙腿，很是震驚。

「母妃，怎麼會如此嚴重呢……」祁辰炤只聽說母妃在鳳藻宮摔了一跤。

「太醫說傷到了骨頭，要好好在床上躺兩個月。母妃也覺得奇怪，那臺階並不高，竟會這樣嚴重，這可如何是好？到時候年都過了，陛下早就不知道被哪個狐狸精勾跑了。」

相比身上的疼痛，凝貴妃最憂心的是自己會不會因此失寵了，要知道今年可是新入了幾個鮮嫩小宮妃……

「這……會不會是皇后那邊的陰謀？」祁辰炤自然關心此事。

要知道他之所以能夠在宣帝面前得臉，最重要的還是愛屋及烏，宣帝這些年最寵愛的女子就是凝貴妃。此時他不得不懷疑，是不是皇后故意使絆子，為了削弱母親的寵愛！

「母妃也注意了摔倒的地方並沒有任何問題，而且當時母妃身邊只有自己的親信和鶯歌，實在不應該是中了暗算。」

凝貴妃當然不是沒有懷疑過皇后，可是她今日去得突然，皇后不可能知道，然後提前佈置得如此天衣無縫，所以最大的可能還是自己倒楣。

因此，凝貴妃就算想要指控皇后，也絕無可能，祁辰炤只能一同認了倒楣。

「今日母妃是去鳳藻宮……」祁辰炤突然想起母妃帶著劉鶯歌，今日又是祁辰逸大婚後請安的日子，母親這做法很是微妙。

「祁辰逸畢竟是嫡子，以前他自己不願意成婚也就罷了，現在他若是有了嫡子，難保鄭家和以往支持他的那些朝臣心思活泛，所以母妃本打算讓鶯歌入璟王府為側妃，也好為我們所用，誰知道那祁辰逸夫妻會那麼難對付！」

一說起這事，凝貴妃就生氣，若不是當時情緒不好，她不可能好端端就摔下臺階，弄得自己現在要在床上躺兩個月，後續什麼時候能夠恢復侍寢還難說！

「鶯歌長得那樣好，祁辰逸竟然不願意？」祁辰炤不知道母妃竟然有這樣的打算，更沒想到祁辰逸拒絕了！

在他看來，有著母妃幾分神韻的鶯歌表妹也是個一等一的大美人！

「哼，他不願意，還嫌棄鶯歌長得不好。」凝貴妃沒好氣地說。

「母妃，既然祁辰逸沒有看上鶯歌表妹，不如……」祁辰炤準備試探一下。

「你別想了，我可不會讓鶯歌入你府上，你也別總把心思放在女人身上！」凝貴妃聽了開頭就開始反對，不說自己兒子愛好美色，她可還記得祁辰逸在鳳藻宮的話，所以萬萬不會同意把鶯歌給自己兒子。

「母妃說什麼呢，兒子是說，祁辰逸沒看上，父皇可未必不喜歡。」本來還顧忌著母妃的心情，這被凝貴妃劈頭蓋臉說了，他也直截了當說出自己的想法。

「你是說讓鶯歌入宮為妃？」凝貴妃詫異兒子竟然出這樣的主意。

那是自己的姪女，姑姪共事一夫，說出去讓別人怎麼看？而且她素來集萬千寵愛在一身，從來就沒想過安排自己身邊的人給皇上。

「母妃，您剛剛說現在已經不便伺候父皇了，這腿傷也不是一時半會兒能好。宮裡現下貌美的宮妃並不少，往日裡您獨占鰲頭可以不想這些，但是現在您不得不考慮，您年紀也不小了，總要有個貼心的自己人來為咱們固寵。為了兒子的將來，也為了劉家一門的榮辱，鶯歌要是能夠獲得寵愛，也是自家人，總好過別人得了這份寵愛，咱們就失去機會。」

祁辰炤勸著自己的母妃，他知道母妃和父皇畢竟相處多了，存著一種占有之心，但是與其讓那些小宮妃霸著父皇，不如讓自己人得寵。否則他和母妃兩人的將來還不知道會是什麼樣呢！他們可比不上皇后母子，身分和家世擺在那裡。

凝貴妃聽了祁辰炤的話，恍若醍醐灌頂，她以往一直不想考慮的問題，如今不得不正視，她確實是年紀大了，總有一天紅顏未老恩先斷，她不由想起剛剛在鳳藻宮，宣帝看到鶯歌那一瞬間的愣怔……

「是母妃著象了。母妃會盡快安排此事，也會和鶯歌談，現在她在宮中，一切也方便。」

凝貴妃也不是傻子，知道自己現在這樣不適合任性，自己的腿傷什麼時候徹底恢復還是未知數，那不如推姪女上位。她多少了解鶯歌的性子，是個綿軟好拿捏的人，不怕掌控不住。

「好，那兒子找機會和舅舅談談，咱們可不能坐以待斃。母妃要養好身體，只有身體好了，一切才有指望呀！」祁辰炤勸過自己母親之後，也懂得適時關心。

他們母子不僅是親生的母子情深，又是利益共同體，一榮俱榮，一損俱損，所以母親一定不能倒下，否則表妹得寵了，也無法像母親一樣全心為他籌謀。

「炤兒，母妃都聽你的，我的兒子長大了，懂得想事情，也知道關愛母妃了，母妃真的是很欣慰。你放心，母妃一定會快些好起來。」凝貴妃逐漸平靜下來，對接下來的生活有了計劃，她一定會慢慢好起來，成為兒子的最大助力。

另一廂，劉鶯歌還不知道凝貴妃母子已經打算將她作為爭寵的工具，她自從回了碧蓮宮，眼下還因為祁辰逸的那番話而氣憤。

當初姑母說要她入璟王府為側妃的時候，她並不是多滿意，可是她也知道自己的婚事由不得自己做主，姑母在劉家可是有極大的話語權。

祁辰逸畢竟是個王爺，雖然腿殘疾了，到底相貌英俊，家世顯赫。她嫁過去若能生下他唯一的子嗣，未來的日子也不是沒有指望，所以她想通了，若不是祁辰逸殘了雙腿，恐怕側妃的位置絕對輪不到她。

可是她卻沒想到自己竟然被嫌棄了，王爺還當著那麼多人的面嫌棄她的長相，這讓她感到莫大羞辱，所以整個人回來就一直躲在房間裡嚶嚶哭泣，卻不知道凝貴妃母子已經開始為她安排另外的大禮。

她還在想著等整理好情緒，要不要出宮回家，可是姑母現在腿傷成這樣，現在提出回家，也實在不妥，真是糾結！

祁辰逸與阮瀠吃完歡快的一餐終於要回王府了，新婚第一天，兩個人已經能夠安然相處，沒有一絲陌生了！

回到王府，祁辰逸有重要的事情要處理，就去了前院。

阮瀠被人伺候著卸了妝髮，換上家常衣裳，就藉口自己要好好休息，回了內室。她囑咐薛嬤嬤和香衾幾人守好內室的門，就悄悄進入空間，調整空間流速。

然後，阮瀠就被眼前的松音驚住了。

此時的松音已經不再是當初的小阿飄，已經能夠像自己一樣，在空間中自由活動，不再是魂體狀態。

看到實體的松音，阮瀠激動地上前抱住她。

「娘親，妳這樣抱，本仙喘不過氣啦！」松音當然知道自家娘親是有多麼激動，只不過她不習慣與人如此親密接觸。

「太好了，松音，娘親終於能抱抱妳了！」阮瀠激動地落下淚來。

母女兩個親暱地在一起抱了很久，阮瀠知道松音又恢復了兩成法力，在外面能施展一點點小法術，就像今天隔空施展法術讓凝貴妃摔下臺階。

阮瀠真的是太高興了，這麼長時間，她內心都有一種愧疚感，重生之後，自己得益於松音的空間和醫術。

一個人面對自己曾經的苦難，還有整個人生被打亂，重新面對仇人還有辜負自己的人，都不是那麼容易能夠堅持走下去，而且她能夠憑藉自己的努力保護家人還有摯愛的人，都是因為松音的存在。

如今松音能夠恢復成這樣，就讓她覺得很幸福與滿足。

「好了，娘親，本仙還是帶妳去參觀一下空間好了，現在空間變化很大。」松音實在受不了娘親用一種十分動情的眼神看著自己，趕忙提出帶阮瀠去參觀空間。

阮瀠這才有心情去關注空間，最開始的一座小院子已經變大了幾倍，至少有兩個王府那麼大，靈泉也變得像小湖泊一般大小，上面甚至縈繞著一些白色似霧一般的東西。

松音說那是靈氣，泉中的靈氣越發充盈，能夠形成實質的霧氣，對身體十分有好處。

藥田也擴大到十畝，這些日子，松音鼓搗進空間的一些植物更是生長茂盛，樹上甚至掛上果子，一片欣欣向榮，生機勃勃。

「娘親，現在空間已經能夠帶爹爹進來了，這也是一個新的改變。」

松音又告訴阮瀠一個好消息。

阮瀠一瞬間激動起來，經過她的體驗，凡人待在這個空間之內，是能夠滋養身體，可想而知，王爺如果能夠在空間中治療腿傷，那肯定事半功倍。

轉念一想，若是祁辰逸知道空間的存在，那麼自己重生的秘密，還有一些事情是不是都瞞不住了？

她真的不知道應該如何面對那些疑問，祁辰逸心中會怎麼想自己？會不會覺得自己是個怪物？

松音看出娘親的糾結，經過這次恢復，兩人的血緣之力更加濃厚，很多時候松音能夠感知到阮瀠的情緒，以此能夠猜測一些阮瀠心中的想法。

「娘親在糾結什麼呀？現在空間對爹爹治療有幫助，咱們用藥讓其昏迷不就好了？妳知道本仙的本事，絕對讓他無知無覺，還沒有一點損傷。」松音在一旁提出解決方法。

阮瀠驚喜，她內心覺得還不是時候坦誠自己的經歷，雖然她了解王爺，可是今生兩人相聚時間還太短，她並不想因為任何事影響兩人今生如此好的開頭。

即使她相信王爺不會傷害她，可是也不想讓他覺得自己身邊的人如此異樣。

「那以妳的經驗，進空間來治療能夠縮短時間嗎？」阮瀠此時不再糾結暴露秘密的風險，開始關心起空間的實用性。

「咱們當初估計去除毒素應該是差不多半年，在空間應該能縮減成一半！後續腿傷恢復就會更快！」松音仔細分析。

「主要的一些治療還是要在外面，這樣才能不被人懷疑，有些則可以在空間中實施。」阮瀠也提出自己的意見。

母女兩個將當初打算的治療方案重新研究一遍，確定了新的方法，針灸藥浴是在外面，按摩和滋養則晚上祁辰逸入眠之後到空間中做，有松音的法力能夠更好滋養受損的肉身。

就這樣定好規劃，母女兩個高興地在空間中逛了逛，採集了些蔬果，阮瀠就去為松音準備吃食。

現在的松音能夠更好享受美味了，她的味覺完全恢復了！

對著阮瀠張羅出的飯菜，松音幸福地大快朵頤，小嘴吃得油汪汪的，阮瀠在一旁看著都覺得幸福。

「忘了告訴妳，空間這次升級，以後都能改變時間流速，不過也不能改變得太誇張了，十比一是最高的限度了。」松音終於想起這件事，邊吃邊告訴阮瀠。

阮瀠更加驚喜，這樣自己有更多時間陪松音，祁辰逸也能夠進空間治療，還沒有太大的暴露風險，真是意外之喜。

了解空間的變化，又陪伴松音吃過飯之後，阮瀠回到房間，時間才將將過去一刻鐘。

今天過得有些充實，尤其是早上進宮，雖然太后、皇后都不是苛刻之人，可是宮裡規矩到底多，又應付了凝貴妃的不請自來，她有一點疲憊。

等祁辰逸回來，她要先給他看看腿，然後勸他離開京城，去別院治療最好不過，她想著這些事情沒多久就睡了過去。

此時前院之中，祁辰逸正在聽影衛的匯報，這兩天發生的事情還真不少。

祁辰逸自從腿傷之後，雖然表面上人人都認為他失去角逐皇位的資格，畢竟從來都沒有一個國家的當權者是殘廢的，可是他並沒有放棄經營自己的勢力。

即便自己腿傷了，依舊有人想要給他使絆子，陰謀詭計並不會遠離他，甚至自己娶妻、生子都會引來重重麻煩，就像今日凝貴妃的算計，所以為了保護自己和家人，還有保護他的小王妃，他都沒有放棄經營自己的力量，只有這樣才能真正抵禦風險。

他的影衛掌控著京中情報網，他腿雖然傷了，不良於行，可是這京中的風吹草動，他可都要心中有數。

「王爺，剛剛四皇子進宮了，與貴妃商量將那位鶯歌姑娘送給陛下……」這次來回稟消息的是影五，他是影衛中主要負責宮內消息的人。

自從上次祁辰逸受傷之後，他們就加大對碧蓮宮的關注。

祁辰逸微微翹起嘴角。凝貴妃母子為了爭寵還真是什麼事都做得出來。

今日父皇見到劉鶯歌，顯然就是喜歡這種類型的女人。只是沒想到凝貴妃母子也真夠果決，自己這邊剛拒絕，那邊就找到下家，不得不說真是沒有下限，姑姪共事一夫，場面肯定很好看。

「不用阻止，本王倒是要看看她能不能如意，凝貴妃不是想要固寵嗎？若是被人真的奪走多年的寵愛，不知道她心裡會是什麼滋味……」祁辰逸吩咐道。

那個劉鶯歌可是個心思不簡單的女人，看起來性情頗為柔軟、好拿捏，可是他直覺那不過是外在的表象，那個女子內心極有主意又善於偽裝，最重要的是，她還能夠忍得了屈辱！

這樣的人……凝貴妃可不要反噬了自身才好。

「若是這個劉鶯歌得寵了，幫著她要個孩子，到時候劉家不知道會更支持誰呢？」

想到這個場景，祁辰逸都有些期待，劉霖是會幫著妹妹和外甥，還是會顧著女兒和外孫呢？

接著他又了解到昨日英國公府發生的事，蘭姨娘已經被送走了，他自然就不用額外出手，只是安排人手盯好她，並隨時注意阮清的行蹤，畢竟她自己姨娘不保，親兄長昏迷不醒，難保那個女人不會想出什麼渾招。

他知曉阮清現在過著什麼樣的日子，只要一想到當初她們算計阮瀠，他就十分不快，不過她正遭受報應，他就只是讓人盯著。

再有就是孟府的雞飛狗跳，昨日阮瀠大婚，孟修言竟然傷懷地出去喝醉酒！祁辰逸只覺得噁心，當初有婚約在的時候沒有認真對待，現在弄出這番膈應人的作為，看樣子盛陽郡主也沒辦法管好自己的夫君，那就讓他幫著管一管。

他安排完這些事，想著小王妃不知道休息了沒有，急急地回到正院。

薛嬤嬤等人自然不能阻止王爺，祁辰逸悄悄地回內室，看到睡得香甜的小王妃，暗暗失笑。

沒有多想，祁辰逸在下人的幫助下躺上床榻，將阮瀠圈進懷裡，閉上眼睛。

薛嬤嬤輕手輕腳地出去並關好內室的門，回到外間，看著暖裯專心地替阮瀠做著大氅，心裡只覺得寧靜。

歲月靜好，大抵不過如此。

第二十四章

這一覺睡到了將近傍晚的時候，等阮瀠睜眼，就看到祁辰逸俊逸的面孔。

即便是睡著，依然有輕微皺摺的額頭，不知道他夢到了什麼，讓他睡著也不能放鬆？

阮瀠控制不住自己伸手想要為他撫平煩惱。

不應該是這樣的，她的王爺今生不應該再過如上輩子一般苦痛的生活……看樣子應該早日離開京城，去別院解毒了。

祁辰逸一睜眼看到自家小王妃若有所思的表情，一會兒苦惱，一會兒深思，又看到她伸出手。

阮瀠也發現祁辰逸睜開的雙眼，那雙漆黑如點墨的眸中，盛滿笑意。

眸中倒映出自己伸出手呆愣的傻樣，真的是有夠害羞。

被人抓包的阮瀠滿臉爆紅……

她應該說點什麼？

「手有點麻了……」

阮瀠只見祁辰逸眸中的笑意擴大，瞬間反應過來自己說了什麼傻話，真是想要馬上躲回空間。

沒有辦法，只能躺平，閉上眼睛，簡直無法直視祁辰逸現在的表情。

祁辰逸看到自家小王妃的可愛模樣，原以為她就是個有些特別、膽子很大的大家閨秀，沒想到還有這樣讓人驚喜的一面，想到這裡，他竟然前所未有的放鬆。

這種生活是自己曾經所期待的，本因為腿傷而頹喪的人生，彷彿投進一縷不一樣的光芒……

阮瀠多希望看到自己尷尬樣子的祁辰逸，能夠先起身離開床塌，可是他現在行動委實不方便……

逃避不是辦法，已經快要到用晚膳的時候，阮瀠不得不面對現實，她還是得先起來並且幫著伺候祁辰逸起身。

誰讓他腿不方便，而她今日還和皇后保證過會好好照顧他呢！

睜開眼睛，果然，祁辰逸還是滿臉笑意地看著她。

「咱們該起身了。」阮瀠忽略自己的尷尬，率先起身，穿好衣裳，然後開始伺候祁辰逸起身。

屋外暖裯等人聽到動靜，趕忙端著毛巾、帕子進來伺候兩位主子。

阮瀠推著祁辰逸的輪椅，兩人去飯廳的時候，人已經恢復正常。

等到吃完飯，阮瀠和祁辰逸回到內室，交代薛嬤嬤等人注意看好門，阮瀠準備和祁辰逸談一談接下來的打算。

「能讓臣妾再看一下王爺的腿嗎？」阮瀠目光柔和。

祁辰逸倒是沒有意外，他已經查明白自己這個王妃，醫術是真的有些特別。

他已經得知吏部尚書沈勉的夫人本來已經沒有救了，這些日子竟然逐漸轉好。

當初她來璟王府為他看腿的時候，他沒有想到迎來另一個生機，而今天她提起，正好符合他的期待。

阮瀠仔細檢查了祁辰逸的腿，經過一段時間，腿部由於沒有辦法活動，肌肉有一些萎縮，這都不是大問題。

「怎麼樣？」祁辰逸看阮瀠檢查完，才開口問道。

「還好，沒有惡化。臣妾想著，最近就開始為王爺治療，你怎麼看？」阮瀠擦了擦手，為自己和祁辰逸都倒了一杯茶。

「妳真的有信心？」雖然知道她的醫術確實不錯，可是被太多人否定過的事情出現轉機，總是讓人想要一再確認。

「是，臣妾早就已經研究透澈解毒方法，只不過臣妾想著，咱們能不能離開京城，到京郊別院去住？那裡遠離京城是非之地，又有溫泉，對王爺的腿也是有好處。」阮瀠點頭肯定，順便提出要離開王府的事情。

祁辰逸聽了阮瀠的話，好像還有點跟不上她的節奏，他本來已經不抱希望的事，這麼快就提上日程。

不過，阮瀠的提議有道理，若是阮瀠有辦法治療，京城確實耳目眾多，不適合幫他治腿；若是阮瀠的法子沒有效果，不被那些人知曉，也不會造成什麼影響。

「妳考慮得很周到，若需要什麼藥材，妳告訴管家去準備就行。我把手頭的事情處理好，咱們就啟程。」祁辰逸思考一會兒，下了決定。

「不用了，我早就已經準備好藥材，分了幾批次分別購入，暫時夠用。王爺準備好，咱們隨時可以出發。」阮瀠回應道，她這幾個月可沒有荒廢，早就準備好需要的一切。

「就是再急，也需要等到妳回門之後再說吧？」祁辰逸看阮瀠這樣子，心裡的顧慮也打消了。她能忘記回門這麼重要的事，可見對他的事多麼上心，他應該更果斷一些才是。

阮瀠想到自己的表現有點急切，沒辦法，治好他是她重生以來最大的一個願望，剛剛談到這裡難免有些激動。主要是現在蘭姨娘已經被送走了，阮謙昏迷不醒，阮清就算想做什麼也不方便，她已安排穩妥的人照顧娘親，渣爹備受打擊也暫時不能作妖，所以她委實是有點忘了回門一事。

「我好像有點事忘了交代薛嬤嬤她們……」此時這種情境下，阮瀠順利找了個藉口開溜，這次，她可不是在床榻上！

臉紅紅地跑出去後，阮瀠終於覺得好多了。她找薛嬤嬤看回門的禮單，才覺得不那麼尷尬，一想到即將能看到家人，阮瀠也高興起來。

另一廂，看著逃之夭夭的小王妃，祁辰逸內心也充滿一種叫做喜悅的情緒。

他的腿有希望，而且他還娶了一個如此在意他的女子，怎麼看自己都是幸運的。

這次決定離開京城確實是不錯的時機。京城的形勢現在還算穩，眼看著幾個成年皇子，有資本的人都已經蓄勢待發，他這會兒出京也算是暫避鋒芒，給自己時間韜光養晦。

坐山觀虎鬥這個形勢，說起來真是不錯。

想到這些事情，祁辰逸只能再回前院去安排一些事，總不能離開京城就什麼都不知道了，宮裡頭還有母后在，萬事要小心才是。

婚後第三日，正是阮瀠回門的日子。

一大早，阮瀠與祁辰逸就出發去英國公府。

拜見過長輩，祁辰逸與英國公去書房，阮寧華自然也跟著。

阮瀠看出渣爹心不在焉，想來是禁足幾日，今日為了她回門不得不被放出來，他還有些脾氣？

阮瀠攙扶著林氏慢慢走在後頭，伴著老夫人與二嬸去正院。

雖然才幾天沒見，但她看得出家裡長輩除了阮寧華以外，日子過得還算不錯，林氏絲毫沒有受到蘭姨娘事件的影響，氣色可算是絕佳。

林氏這幾日最掛心的事情就是女兒出嫁之後過得怎麼樣，所以此時藉著走路的機會，開始問阮瀠婚後的情況。

阮瀠自然都說好，林氏聽了女兒的回答，又看她出嫁幾日，面色紅潤，眉目疏朗，就知道她過得還算舒心。

老夫人自然不像林氏那般心思簡單，到了正院，大家剛剛坐定，老夫人就問了一連串，從飲食起居到入宮細節，都問了個仔細，之後才滿意地點了點頭。

阮瀠當然沒有不耐煩，她知道這都是長輩們對她的關愛，所以能夠回答的，她都說得很仔細，就想要她們放心。

正院這裡氣氛和樂，前院那邊卻很是微妙。

英國公對於祁辰逸這個孫女婿自然滿意，拋除身分不說，祁辰逸本身就是個智勇雙全的好統帥，即便他殘了腿，英國公也是欣賞他，所以此次對他很是和藹熱情。

阮寧華卻是神思不屬，這幾日被禁足，雖然沒有人虧待他，可是此生摯愛被送走對他是十分大的打擊，要不是蘭姨娘臨走的時候囑咐他照顧好阮謙，他是一點念頭也沒有了。

如今看著父親在前面熱情招待著祁辰逸，他心裡就越發不痛快，若不是阮瀠大婚那天，蘭姨娘被處置，他怎麼也不會像現在這樣！

摯愛的女子被遠遠放逐，心愛的長子現在也沒有貼心人照顧，都是因為阮瀠這樁婚事！

如果當初阮瀠按照自己的意思嫁給武陵伯世子，蘭姨娘不會不和自己商量就算計阮瀠；阮清不會成為謝詹的妾室；阮謙不會急匆匆趕回來；蘭姨娘不會因為兒子而衝動被送走——這一切的源頭，就是因為璟王爺突然求了賜婚聖旨！

一想到這些，阮寧華臉沈如墨，可是一點面子不給這個王爺女婿。

英國公看著自家這個糊塗的兒子，也不知道自己怎麼會生出這樣一個蠢貨。

前幾天他與老妻商量把世子之位給老二，老大屬實一無是處，若是沒有這個蔭封，今後的日子會成什麼樣子，真是難說！

要不是林氏肚裡已經有孩子，阮瀠也是王妃了，為了這些孩子，他們才打算再容忍他！

祁辰逸也看到阮寧華的臉色，不過經過調查，他早知道這個岳父是什麼樣子，自然沒介意。

阮寧華坐了一會兒，覺得心中越發煩悶，所以藉口去更衣，走出了前院。

英國公早就不耐煩他在一旁擺臭臉，擺了擺手讓他離開。

無獨有偶，正院這邊阮瀠和長輩們相談甚歡，茶水喝得多，她也想出來透透氣，就出了正院，誰知道正巧碰到本應該在前院的阮寧華。

不怪阮瀠多心，好像渣爹就是故意在這裡等著她。

阮寧華一看到帶著丫鬟出來的阮瀠，徑直向這邊走了過來。

果然！

「父親！」阮瀠微微一禮，就當作沒看見渣爹不向自己行國禮的事。

「為父有話與妳講，咱們去那邊……」阮寧華直截了當，指了指那邊的亭子。

阮瀠沒有反對，今時今日她沒有什麼事要和這個渣爹說，他的心是偏的，數次想要推她入火坑，還有前世的樁樁件件，阮瀠之所在到現在還沒有什麼動作，無非是給祖父母積攢失望的時間罷了。

在她心中這個男人已經不能算是自己的父親了，今日這個時候，他想要說什麼事，她心裡也有數。

默默無聲地一路行去，阮瀠從阮寧華的步伐之中都能體會到他內心的焦躁。

想必短時間內，最疼愛的幼女為人妾室，長子昏迷不醒，愛妾被送走，這些他心中在意的人接連出事，讓這個本來就沒有什麼擔當的男人無措了吧？

呵，這種煎熬的滋味肯定很難熬。想一想這個男人，上輩子在家族風雨飄搖時刻逃走，今生……

阮瀠突然腦子裡冒出來一個念頭，他不是喜歡臨陣脫逃嗎？那麼如果今生面臨無法解決的事情……

「你們都下去，本世子有事情與瀠兒商量。」進了亭子，阮寧華打發跟來的人，想要單獨與阮瀠說話。

阮瀠微微點頭，示意暖裯與香衾去外面守著。

這邊她暗暗與空間內的松音溝通，一會兒透過法術稍稍加深阮寧華的想法！

「妳嫁到王府過得可好？」阮寧華生硬地問起阮瀠婚後的生活，不知道的人還以為他是不擅長關心人，實際上，他只是不習慣關心林氏母女。

阮瀠經歷過一輩子才總結出這個事實，想起自己前世為了替這個男人報恩，嫁入孟家，葬送了自己的人生，就覺得那時候自己單純得可笑。

阮瀠漾出最明媚的微笑。「謝謝父親關心，女兒嫁入王府一切都過得很好，前日進宮，皇后娘娘十分高興，賞賜了女兒很多珍寶，王爺待女兒也很好，我們夫妻和睦恩愛，王府中一切都十分……」

阮寧華只是為了一會兒要說的事情，單純問候鋪墊一下，哪知道阮瀠就當作是自己對她的關心，竟然侃侃而談起來，他根本不願意聽到她炫耀自己現在幸福的生活，她的幸福對照著蘭姨娘和她的一雙兒女，讓阮寧華心裡十分不是滋味。

阮瀠自然解讀懂了阮寧華隱含的不耐煩，但她還是繼續說下去，這種自說自話的感覺，竟然是如此好！

終於阮寧華聽不下去了，開口打斷阮瀠的自說自話。「嗯，爹爹知道妳在王府過得好就心滿意足了。」

阮瀠微笑地看著自己的渣爹，等著他接下來的表演。

「妳現在已經是璟王妃了，日子過得順遂，可是妳妹妹在武陵伯府過得頗為艱難，妳大哥哥現在又是這個樣子，唉，爹爹記得妳平日裡是最友愛兄弟姊妹……」阮寧華說到這裡，看到阮瀠臉上果然出現同情、傷感的表情，準備再接再厲。

「妳可能還不知道，蘭姨娘在妳大婚那天不小心衝撞了妳母親，被妳祖父、祖母送到莊子上了，她也實在不是有意的，就是一時鬼迷心竅了，妳母親也沒有受到什麼影響。灤兒，妳祖父母最是疼愛妳了，妳去替蘭姨娘說情，讓她回來照顧妳大哥哥，好不好？」阮寧華終於說出自己的目的。

他這個嫡女自小就備受英國公夫婦的疼愛，如今還成為王妃，只要她肯開口為蘭姨娘求情，蘭兒還是有可能回到自己身邊。

阮灤心中冷笑，這個渣爹把她當成傻子嗎？

就連松音都在一旁吐槽，這個外祖父以為別人都是傻子，要求受害者原諒加害人，還要為她求情，怕不是天上的慈悲仙人吧？

「娘親，不用客氣，反駁他！要不他還以為咱們好欺負，什麼人都想著咱們去原諒，還為那個壞女人說情！」松音在一旁氣得跳腳，甚至想著要不要給阮寧華一點教訓。

「松音不要衝動啊，一會兒按照娘親的指示行事！」阮灤安撫松音。

小丫頭可別一時衝動，打亂了自己的計劃。

阮灤掛上一臉為難的表情。「剛聽祖母說起蘭姨娘的事情，女兒也沒想到蘭姨娘會這麼糊塗，平日裡她最是細緻妥帖的人，女兒剛剛就在祖母跟前試探過了，祖母很堅決，怕是女兒再多說就要生氣了。」

說完，她隨即變換成一臉同情的模樣。「蘭姨娘已經這個年紀了，這些年一直生活在國公府，哪裡受得了莊子上的苦，唉，也是可憐！清兒看來在伯府生活得不錯，大哥哥還有下人們盡心盡力伺候著，只是蘭姨娘……本來就備受打擊，還不能有爹爹伴在身邊，她最是在乎爹爹了，也不知道能不能熬下去……」

說著阮瀠自己都有些動容了，用帕子拭了拭眼角並不存在的淚水。

阮寧華本來聽著自己母親不肯鬆口還很是氣憤，又聽了阮瀠這番話，心就揪了起來。

是啊，蘭兒自從跟了他以後，何嘗受過苦？這次去莊子上，他若是不能趕緊接她回來，是不是就永遠見不到她了？

阮寧華一瞬間竟然覺得很絕望。

阮瀠看到渣爹那如喪考妣的表情，內心感嘆他還真是個用情至深的情種，不過這樣也好……

「這種時候若是她摯愛的男人帶她遠走高飛，豈不是不用受這種苦楚了？」阮瀠輕輕吐露出這句話。

同時松音施展了法術。

阮寧華有一瞬間愣怔，然後目光逐漸凝視。

「是啊，我應該帶她離開那個地方，帶她遠走高飛……」阮寧華重複著這個念頭。
「父親說什麼？」阮瀠明知故問。
阮寧華彷彿被阮瀠的話驚醒一般。「沒什麼，為父是說既然妳沒有辦法就算了，妳去吧，和璟王爺好好過日子就是了，不要讓家中長輩為妳操心。」
此時阮寧華擺出再正經不過的表情，囑咐著阮瀠，彷彿剛剛什麼也沒有發生。
阮瀠微微一笑，點頭應下，轉身率先走出亭子。
她要去囑咐林嬷嬷，看好母親剩下的嫁妝和私產，若是被渣爹給偷了，她才是要哭呢！
阮寧華卻是留在亭子良久，他下定決心要去莊子上帶走蘭姨娘，可是父母親實在精明，他不僅要準備好讓兩人今後日子無憂的銀兩，還要制定一個萬全之策。
一想到不久的將來，他就要和愛妾重新相聚，能夠遠走高飛，內心就無比激動。
反正在府中父親、母親都看不上自己，他也知道自己這個世子之位，長久不了，不如拋棄這一切，去追求自己真正的幸福！
阮瀠回到正院的時候也快要用午膳了，老夫人問起阮瀠怎麼了，阮瀠只是說阮寧華想要她為蘭姨娘求情，不過被自己拒絕了。
老夫人無奈長子的愚蠢，叫她別往心裡去，大家就去飯廳。

阮寧華也跟著英國公和祁辰逸過來了，神色如常，彷彿剛才的事情並沒有發生，不過，他不再像早上的時候垂喪著一張臉，就像枯木逢春一般，竟然散發出一種新的精氣神！

愛情的力量還真是偉大！

整頓飯賓主盡歡，其樂融融，還是很歡快。

阮瀠看著祁辰逸和英國公有著說不完的共同話題，心中湧上一種莫名的情緒。她家王爺原本就是雄才偉略的軍事奇才，人有智謀，還有一顆為國為民的仁心，本來能夠為大雍的安定繁榮做出更大的貢獻，卻被小人所害，失去馳騁沙場的機會，上輩子即便成為權傾朝野的攝政王，卻也沒有辦法得到真正的暢快。

想到這裡，阮瀠有些後悔那天只是簡單地教訓凝貴妃，應該讓他們母子也體會一下這種痛苦才是，不過不急，機會總是有的，慢慢來。

用過午膳，他們該回王府了。

阮瀠已經悄悄和老夫人打過招呼，她會和祁辰逸出京一段時間，這段時間就需要老夫人精心照顧林氏和她肚裡的弟弟，現在母親懷孕月份越發大了，需要更加仔細。

她也向林氏解釋，出京是為了放鬆心情，在京城事情太多，不適合祁辰逸養病，並囑咐林氏不論發生什麼事情，都要保護好自己和肚子裡的弟弟。

臨走前，她又留下用靈泉製成的養生露和各種保胎、安胎的藥丸給林氏，以及不少添加靈泉水的養生藥丸給祖父母。

第二十五章

祁辰逸將事情都安排好了，以腿傷為由，需要去溫泉別院調養散心，新婚小夫妻終於啟程去京郊。

祁辰逸帶上姚嬤嬤、迎春及慶源，還有隨身保護的暗衛小隊；阮瀠自然是帶著薛嬤嬤，還有香衾、暖裯兩個陪嫁大丫鬟，至於其餘宮裡派來伺候的人則留在王府中。

為祁辰逸治腿這件事情很機密，所以他們只帶幾個穩妥的人去即可，畢竟溫泉別院那邊也有伺候的人。

這次迎春能跟去是沾了姚嬤嬤的光，她卻得意於自己的與眾不同，她一個丫鬟就帶了一箱子的衣裳。

阮瀠也是有點無語，姚嬤嬤這麼能幹的人怎麼生出這樣的女兒呢？

此次出門最興奮的人要數松音，小傢伙已經在空間中憋壞了，只嚷嚷著要體會人間的山水之美，說實話，這皇城中的景緻，她也看膩了。

天氣雖然有些冷，馬車裡有炭盆倒也不覺得難熬，而且自從阮瀠常常出入空間，喝靈泉水，身體真的是好了不少，乘著馬車趕路也不覺得不舒服。

祁辰逸雖然腿上有傷，但他現在是沒有知覺的狀態，只有氣候明顯變化的時候會感覺到鑽心的疼痛，所以也還過得去。

下午，一行人就到了京城外的別院。

整個別院占地很大，依山而建，因為是皇家別院，氣勢很是恢弘，仔細一看是處處精緻。

兩人居住的主院規模最大，然後還有幾個小院都和主院有些距離，偌大園子最妙的是有一片梅林，此時含苞待放，彷彿正在等待一場正好的風雪。

其餘假山樓閣，湖泊涼亭，雖然是冬季，也不覺得荒蕪，最特別的是建在院子裡的溫泉池子，氤氳著熱氣，讓人躍躍欲試。

趕了一天的路，晌午僅在馬車上將就吃一些，此時阮瀠終於到了一個能夠讓人全身心放鬆的地方，她突然覺得胃口大開。

「王爺，咱們今兒晚上就在梅林旁邊的暖閣中烤肉怎麼樣？」阮瀠興致勃勃地提議道。

離開京城的祁辰逸也覺得心境變了，心中不再是朝堂中的爾虞我詐、腿傷的抑鬱寡歡，反而對新鮮的生活有著無比熱情。

聽了阮瀠的建議，他本打算讓人去廚房準備，阮瀠趕忙阻止。

「讓臣妾去安排吧！王爺就等著吃，讓慶源送王爺回正院。」阮瀠打算今日大顯身手，運用前世學會的烤肉吃法。

祁辰逸看著小王妃積極的樣子也沒有反對，點了點頭，就交給阮瀠來安排，只要她高興就好。

看著阮瀠雙眸亮晶晶的模樣，祁辰逸竟然一掃今日趕路的疲憊，期待起今日的晚膳。

阮瀠吩咐下人好好清理一下暖閣，然後徑直去廚房，指揮廚房的人醃肉，挑揀青菜。

等一切都準備好了，阮瀠這才回屋子換衣裳，畢竟烤肉味道重，遂刻意換上耐髒、束袖的常服，她可不想在烤肉的時候袖子像簾子似的掃來掃去。

兩人一同到園子裡，燒烤架子已放在暖閣之中。

祁辰逸看著造型奇特的架子，下面放著銀霜炭，上面放著有孔的簾子，覺得挺新奇的。

「這是妳想出來的？怎麼用？」祁辰逸有些興趣，要知道他那時候隨軍出征，也是吃慣了烤肉，本以為是火堆烤豬腿之類的，他想像不出這個工具有什麼用處。

「是呀，很簡單，就是把醃製好的肉類放到簾子上就可以了。」

「哦？那一會兒我也要試試。」祁辰逸來了興趣。

「嗯，自己親手烤的才好吃呢！」阮瀠也想一會兒親自動手，還怕祁辰逸不准，沒想到他自己也想動手。

「娘親偏心，松音也想要吃烤肉！」松音也被勾起饞蟲。

阮瀠只能承諾會去空間做給她吃，她才作罷。

不一會兒丫鬟小廝們搬來一張小桌還有食材。

阮瀠不僅用特製的調料醃製了牛、羊五花肉，還準備了黑胡椒醃製的大塊牛排、雞翅、內臟等等，又準備了一些蘑菇、紅薯、辣椒、茄子、蒜片等蔬菜，打算一會兒搭配捲肉一起吃。

除此之外，她特調出乾料和濕料，乾料吃起來香，濕料又辣又好吃，跟烤肉真是絕配。

祁辰逸有些目瞪口呆，他沒想到阮瀠準備的東西竟然如此多，而且有些青菜端上來，他都不知道這些東西能烤著吃。

還有一些肉類跟內臟，他能理解切成片比較好烤熟，可是有些東西，他不太知道是什麼，真的能吃嗎？

其實不只祁辰逸有這些疑問，就連別院的廚子都不能理解，王妃為何要那些平時沒人愛吃的骨頭、腸子，還有一些平時扔掉的內臟。雖然在王妃的指揮下，他們清洗得很乾淨，可是依然內心覺得噁心。

「瀠兒，妳是不是有些食材不認識呀？這些青菜是要做什麼吃的呢？」祁辰逸沒忍住，好奇問了出來。

「王爺一會兒就知道了。」

阮瀠此時忙著指揮人加炭，先烤肉片，再將各種食材擺到烤架上。

等到肉片變了顏色，她讓暖裀蘸了一點乾料，再給祁辰逸嚐嚐。

祁辰逸本以為會一起烤好一起吃，沒想到不同的食材需要烤熟的時間長短不一樣，聞著這肉就很香，吃到嘴裡更是香氣四溢，十分美味，而且蘸料更是靈魂。

真是太好吃了！他第一次吃到這種不腥羶，而且味道這麼豐富的烤肉。

「這肉怎麼醃製的？而且醬料也很香，真是好吃。」祁辰逸止不住連連誇讚。

「嘿嘿，好吃吧！這是我的秘方喔！這才剛開始，我保證一會兒你會更驚喜的。」

阮瀠有點小得意，因為味道實在太香了，她也有點饞了。

香衾、暖裀等人都學會如何烤肉之後，阮瀠就放手讓她們弄，她和祁辰逸坐到小桌子前，端著烤熟的食材，慢慢吃。

「王爺，你嚐嚐這個濕料，更是特別，肉片蘸醬後，用這個生菜捲起來吃，再加點烤蒜片。」阮瀠分享著吃法，實在是上輩子京城十分風靡這種烤肉，她也是研究很久，這可是她最拿手的！

祁辰逸嚐了下新吃法，味蕾又受到衝擊。

太好吃了！

以往他偏愛清淡的飲食，沒想到辣醬和肉配起來，這種飲食這麼合自己胃口。

接下來，各種食材逐漸烤好了，阮瀠一邊吃，一邊指導丫鬟們各種食材用什麼火候最好吃。

等到祁辰逸逐一嘗試，真的覺得自己有生之年都沒有吃得這麼痛快過。

每一種食材都有自己獨特的風味、不同的美味，讓他吃得太滿足！

原來美食有時候真的能夠給人帶來幸福感，尤其是有佳人在側。

他有點明白京城紈袴的快樂了！

皇家的教育一直以來注重分寸，這真的是祁辰逸第一次吃得如此酣暢淋漓，著實不太得體，可是他又不後悔嘗試這種美味，因為實在是讓人欲罷不能。

阮瀠也覺得太棒了，上輩子王爺就很喜歡她做的烤肉，今生倒是不用親自烤，只需要在一旁指揮，味道也不差！

剩下的一些食材，姚嬤嬤、薛嬤嬤也都有嚐鮮，她本來準備的食材種類繁多，量也很足，自然也要讓跟著的人都體會一下。

阮灤推著輪椅，帶祁辰逸到別處散步消食去了。

只不過本來有些梅花冷香的梅林，飄滿一種肉香味。

迎春看著相偕而去的兩人，目光湧現失落。

無論是出身還是樣貌，她雖然沒辦法和王妃相比，可是她從小就跟著王爺，若說對王爺的了解，她相信自己絕對比王妃強。

王爺以前對女子不感興趣，現在不一樣，王爺已經娶妻了，她是不是也有機會了呢？

多一個人為王爺開枝散葉，皇后娘娘也會高興的……

迎春堅信自己在王爺心中是不一樣的存在，不說他們從小就認識，此次出門，王爺獨獨帶上她一個丫鬟，這也能說明一些事情，她絕對不是妄想。

想到這裡，迎春的目光變得堅定起來。

姚嬤嬤看著女兒的神情，心裡頗為無奈，這麼多年了，女兒還是如此執迷不悟，她只是個奴婢，不說和王妃相比，就是別的閨秀也比不上。

她勸了無數次，女兒就是看不透也不肯聽，這次她之所以同意帶女兒來，就想讓女兒看清楚，王爺、王妃才是天造地設的一對，女兒還是早點死心吧！

可是目前看來，效果並不顯。

阮瀠和祁辰逸一起逛園子消食，兩人回到主院。

主院之中，阮瀠只留下慶源、薛嬤嬤和兩個大丫鬟伺候，其餘下人均不可輕易踏足。

這也是阮瀠和祁辰逸商量過的，畢竟這次他們來別院就是為了治傷，這件事情不能被外人知曉，所以只留親信在身邊，另外帶來的暗衛則將整個別院秘密監視起來，生怕走漏了消息。

姚嬤嬤和迎春並沒有住在這邊，姚嬤嬤這次來負責整個別院的內務，迎春又是那樣子，所以阮瀠沒有要她們近身伺候。

來到別院的第一個晚上，阮瀠就準備開始替祁辰逸治療了。

回到臥房之內，藥材早就準備好了，院子的小廚房由香衾和慶源負責燒水，這水已經被阮瀠悄悄換成靈泉之水，而薛嬤嬤負責熬藥。

雖然不是第一次施針，可是祁辰逸的毒到底是難解，阮瀠心裡沒有底，特意叫了松音出來壓陣。

「王爺，這第一步咱們是要解那『乞玄』之毒，需要施針泡藥浴，因為毒性平時隱藏得好，又實在霸道，治療過程有些疼，你忍著點。」阮瀠備好八十一根銀針，看著已經褪下衣衫的祁辰逸，囑咐道。

祁辰逸點了點頭。戰場上出生入死過，只要能夠真正解毒，他沒有什麼苦痛是吃不了的。

阮瀠努力鎮定情緒，別看她為沈勉妻子施針的時候鎮定自若，這到了自己在乎的人身上，還真的是不一樣。

松音感覺到她的緊張，悄悄施展了點使人情緒平穩的香料。

祁辰逸看到小王妃比自己還要緊張的樣子，知道這是關心則亂，便伸出手握了握她的小手。「放心吧，我能夠承受得住，而且我也相信妳！」

看著眼前人堅定的眼眸，阮瀠終於平靜自己的心緒，深呼吸之後，要祁辰逸躺好，開始施針。

每一針她都極為認真、專注，漸漸地，她施針越來越流暢，不同的銀針，長短不同，下針的穴位也不同……

慢慢地，祁辰逸感覺到自己的雙腿竟然開始有痛感，那種像是有微小的蟲子在啃食著自己雙腿的疼痛，讓他臉色一下子蒼白起來。

阮瀠一時之間心緒有些亂，她了解那種疼痛，可是又不得不繼續，因為治療過程中根本不能使用讓人失去神志或者麻痺的藥物，所以，這完全要靠個人的意志挺過來。

「娘親，不要分神，爹爹可以挺住的。」松音在一旁叮囑。

阮瀠目光凝定，繼續施針。

祁辰逸沒有想過是這樣的疼痛，他知道小王妃心理壓力很大，所以他努力抵禦著這種疼痛感，儘量不讓自己表現出難以忍受的樣子，可是就因為隱忍，他的臉色變得蒼白如雪，汗珠更是大顆大顆往下滴落。

終於，八十一根銀針入穴，阮瀠輕輕彈動針尾，只需要等上半個時辰就可以了。她此時才有時間替祁辰逸拭去額頭上和身上的冷汗。

「怎麼樣？還能受得住嗎？」阮瀠俯下身溫柔地問，小手握著帕子細細擦拭著祁辰逸的額頭。

祁辰逸微微點了下頭，此時他真的沒有過多力氣回答，疼痛漸漸緩和，但是他也感覺失去全身的力氣。

阮瀠忙碌完，就坐在床沿上拉著他的大手，恨不得自己能夠為他分擔一點點的苦痛。

終於，時間快到了，阮瀠出了房門，叫慶源加入熱水，這次他們帶來的大木桶裡，她已經放入藥包。

然後阮瀠轉回內室將銀針一根根取下，祁辰逸發覺自己像是重新注入一絲絲的力量，等到被慶源抱著進藥浴之中，那種舒適的感覺竟然讓他留戀萬分。

阮瀠看著他舒緩的表情，總算是吁出一口氣。

這藥浴十分特別，有解毒和舒緩的效果，最適合祁辰逸。

此時阮瀠才感覺出自己忙前忙後，有點脫力了，畢竟施針也確實是一項非常耗費精力的事情。

祁辰逸看著小王妃疲憊的樣子，堅持讓慶源服侍著泡藥浴，要她去休息。

阮瀠心想也確實不是非自己不可，身上已經黏糊糊得難受，就帶著暖裯去廂房裡的室內溫泉泡湯。

慶源目送王妃離去，看著在浴桶之中閉上雙眸的自家王爺，實在有些心疼。

王爺剛剛在床上那個樣子，是他從未見過的虛弱，此時倒是恢復不少，雖然不知道王妃是不是真的能夠治好王爺，不過王爺信任王妃，而且王妃對王爺的關注和在意，他也是看在眼裡。

希望一切順利，還能看到那個頂天立地的璟王爺，重新站在他們的面前。

另一邊，阮瀠進了溫泉房，就讓暖裯守在外面，自己進入空間。

真的是太疲憊了，她去靈泉中泡澡，又在空間中好好睡了一覺，出來之後，才剛過不到半個時辰。不過祁辰逸也該出來了，她急匆匆趕去正房。

看到慶源已經將祁辰逸安置在床上，阮瀠又讓薛嬤嬤將湯藥端進來。

喝完藥，整個過程也有一個半時辰，今後這將是他們每天的日常。

等下人都離開了，阮瀠又幫祁辰逸把脈，這一次施針，毒素已經有些減少了，想來按照這個速度，可能用不上兩個月，若入眠之後，祁辰逸又去空間滋養，大概一個半月就能夠完全清除毒素。

真是太好了！

這都歸功於祁辰逸身體底子好，而且意志力驚人，最關鍵的是還有空間靈泉和藥材的效果加持。

祁辰逸看著為自己把脈的佳人，看著她亮起來的眼眸，就知道今日自己所受的這些苦痛並沒有白費，效果已經有了，腿有點放鬆的感覺，應該是好現象。

「辛苦妳了。」祁辰逸脫口而出，雖然現在小王妃已經恢復了精神，可是剛剛施針完那個虛弱的樣子，也是讓他記憶尤深，所以他最想對她說的就是這句話。

阮瀠聽他這麼說，心裡甜甜的，臉頰微微泛紅。「這都是應該的，說什麼辛苦，只要王爺能夠有好轉，臣妾就高興。」

祁辰逸感受到阮瀠的情意，伸出手將人攬在懷裡。

兩人相依偎，祁辰逸委實耗費太多的精神，雖然在泡藥浴的時候有所舒展，但是精神上的疲憊仍然在，很快就進入睡眠狀態。

阮瀠感覺到祁辰逸睡了，讓松音施展睡眠的法術，就將人帶進空間，放置到靈泉之中，這樣能更好地滋養祁辰逸的肉體，也算是雙管齊下吧！

忙完一切，阮瀠履行諾言，為松音準備了豐盛的烤肉。

今日，松音可是大功臣，她自然要好好獎勵她。

第二日不到寅時，她將祁辰逸帶回房間的床鋪上。

就這樣，新婚小夫妻在別院安靜地生活。

白日，兩人有時候在周圍逛逛，大多是祁辰逸在書房看一些兵書，或者是看一些朝廷的邸報，而阮瀠則是陪在一旁，有時候研究新鮮的吃食點心，有時候看醫書或者是看新買的話本，日子溫馨而有滋有味。

就像是前世兩人的相處模式一般，變化不大，彷彿兩人從沒有經歷過生離死別。

阮瀠不自覺地盯著祁辰逸的側顏，此時的王爺眼中有光，五官彷彿散發著一種與前世不同的生機，不那麼冷硬與死寂。

這有血有肉有溫度的樣子，真好。

想到這裡，她微微翹起嘴角。

祁辰逸此時並不像阮瀠想像的那樣專心看邸報，眼角餘光自然看到阮瀠在偷看他，那甜美的笑顏也撩撥了祁辰逸的心弦，險些被那目光中波盪的情意所融化。

他發現自己自從成親之後，就越發深陷在那雙水潤桃花眸中，時不時想要把自己的小王妃圈在懷中，這種難以自控的情緒雖然有點困擾，可是他甘之如飴。

本以為再無轉機的雙腿，如今有了治好的希望，雖然才剛開始治療，他現在並沒有感覺出什麼異樣，可是他知道一切都不一樣了。

自從遇到他的王妃，他的生活發生翻天覆地的改變，最初她在長公主府救了他，後來又親自上門給他雙腿痊癒的機會，現在更是用自己溫暖他那顆曾經古井無波的心，不知道為什麼，明明他不是那麼輕信的人，卻輕易接納了她，也許是因為她那腔赤誠，也許是因為一種奇妙的感覺。

在別莊之內，他竟然感覺兩個人現在的相處模式是那麼自然，讓人熟悉，真的很奇怪，又說不清楚為何。

屋內湧動著曖昧的情意，屋外慶源和香衾守在門外，兩個人輕聲交談著一些不重要的小事，竟然也很投契。

第二十六章

這邊新婚小夫妻你儂我儂情意濃。

那邊皇城之中，宣帝對新納的鶯貴人也是正值情濃的時候。

原來那天凝貴妃母子商量完之後，就分別與劉鶯歌和其父親商議這件事情。

劉茳自然是無不可，劉鶯歌卻是委屈無處訴，畢竟自己身在宮中，萬事由不得己，又聽說父親已經應允，劉鶯歌是個聰明人，知道沒有轉圜的餘地，當下點了頭。

回到自己在碧蓮宮的住處，劉鶯歌又止不住一番哭泣。

這個姑母為了自己的利益，一開始要將她許給一個瘸子，現在直接將自己許給一個將近五十的男子，即使他是這個王朝的主宰，依然無法讓她心甘情願。

她才剛及笄，就要委身於一個年齡比自己父親還要大的男人，這讓她感覺到無比噁心，可是她又能怎麼做呢？

姑母都已經與父親商議過了，她根本沒有回絕的機會，只能將自己的青春埋葬在這座充滿女人爾虞我詐、勾心鬥角的宮廷。

此刻她既恨毒凝貴妃的利用，也十分怨怪祁辰逸的拒絕。

如果幾日之前，祁辰逸沒有回絕自己，那麼她現在也不會陷入現在這種境地，成為家族為凝貴妃固寵的工具。

哭解決不了任何問題，擦乾了眼淚，劉鶯歌接受自己的宿命，她下定決心一定要得寵，甚至有一個自己的孩子。

姑母不是想要用她為他的兒子鋪路嗎？那麼她倒是要讓他們看看，自己是不是任人擺布的工具！

還有拒絕她以及給自己屈辱的璟王夫婦，她也不會輕易放過。

第二日，宣帝來碧蓮宮看望凝貴妃的時候，劉鶯歌就在一旁伺候，親手為宣帝端上了親手沏的碧螺春。

在凝貴妃的默許下，當天她就去聖乾宮送點心，然後就成了宣帝的鶯貴人！

宣帝正式賜劉鶯歌居住在甘露宮側殿。

後宮眾人得知這個消息之後，態度不一。不過，多數都不恥凝貴妃這姑姪共事一夫，為了鞏固自己的寵愛，將自己的姪女送上龍床的行為。

凝貴妃因為腿傷，倒是沒有聽到這些閒言碎語，不過她自身也覺得不好受。

雖然那天她接受兒子的建議，也親手主導這一切，可是她跟了宣帝這麼多年還是第一次做這種事情。

以往她在後宮中榮寵一身，從來沒有在意過別的女子，可是看著一個和自己容貌相似，又比自己年輕嬌豔的女子陪伴在夫君身側，她免不了還是會嫉妒……

即便這個女人是自己選擇的，還是自己嫡親的姪女！

她一直知道宣帝喜歡什麼樣類型的女子，鶯歌一顰一笑十分像她剛進宮的樣子，而且韶華正好，難怪宣帝絲毫沒有拒絕的意思……

成為貴人的劉鶯歌終於邁出第一步，即便她難以忍受和宣帝的親近，可是她也做好心理建設，既然事已至此，她就要憑著自己這副酷似凝貴妃的皮囊，奪去她所有的榮光！

至此之後，鶯貴人榮寵萬千，一時之間風頭無兩。

可是現在的鶯貴人並不能和凝貴妃翻臉，相反，她更加恭順。

凝貴妃看著得寵後依然每日來碧蓮宮的姪女，看著她越發嬌豔嫵媚動人的樣子，褪去了當姑娘時的青澀，再對比現今自己怎麼保養也越來越衰老的皮囊，又整天躺在床上不能動，心中的煩躁是怎麼樣也藏不住。

可是，這步棋又是自己親手部署的，她也無法斥責姪女，可是酸言酸語肯定少不了。

「陛下最近對妳可真是寵愛有加呀！日日都去妳宮裡不說，這賞賜也是流水般進了甘露宮呢！」凝貴妃這話頗有些拈酸吃醋的意思。

以往自己享受這些寵愛的時候不覺得，現在看到宣帝用同樣的方式寵愛別人，凝貴妃也受不了，所以有些事，只有經歷了，才知道什麼是難捱。

「陛下無非是給姑母面子才多寵愛鶯歌幾分，在甘露宮的時候，常常回憶姑母年輕時候的樣子，說你們年輕時候如何，鶯歌聽了都很羨慕那時候的姑母呢……」

劉鶯歌當然知道凝貴妃話中的意思，她倒是願意說些好聽話哄她開心，自己現在這樣得寵，後宮中不知道多少女子紅眼呢，偏偏她羽翼未豐，還需要這個好姑母的庇佑呢！

凝貴妃聽了這話總算是舒服了些，她還是要好好養傷，等她好了，陛下還是會如以往一般寵愛自己，現在她確實是不方便極了。

皇宮之內，女人之間的爭鬥總是無休止的，爭寵愛，爭地位，爭賞賜……

而宮外的女子又何嘗不是如此？

近日來，孟府之中的氣氛是越發緊張。

「楚兒，給本郡主端茶過來……」盛陽郡主斜倚在榻上，揚聲吩咐道。

陳楚兒乖乖應是，這些日子她都是在周依依面前立規矩。

每次周依依都稱呼她楚兒，就彷彿是身邊的丫鬟一樣。

可是她著實沒有什麼辦法，畢竟妾室在正室面前立規矩、伺候主母也是天經地義的事情，就連張氏這個婆母也是無法挑出錯處。

此時，陳楚兒是真的有些後悔，當時怎麼非要執著嫁入孟家，為妾也願意呢？

當時她看阮瀠是個和善、性子柔軟的人，有姨母能夠為自己撐腰，表哥一表人才又考上狀元，那時候她覺得那會是自己最好的選擇，怎能想到，現在的生活完全與她曾經設想的天差地別？

自從阮瀠退親之後，一切都變了。

「愣著幹什麼？還不快去？」周依依不耐煩地說著。

這些日子她真是無趣極了，本來她對孟修言還是有些興趣，可是嫁入孟家之後，孟修言一直對自己不鹹不淡，甚至在璟王爺大婚那天喝醉了酒。

雖然那天他沒有回她的院子，可是她的人也打聽出他酒醉的時候呢喃著一個名字。

「瀠兒」……他當初的那個未婚妻？

京城第一美人阮瀠，現在的璟王妃？

周依依雖然沒有多愛這個男人，可是素來霸道慣了，自己的東西必須是她獨有，男人也一樣，她不能容忍他時時惦記別的女子。

可是她現在也沒辦法做什麼，不說阮瀠現在已經是璟王妃，身分地位比她高，就算自己想要使手段，還沒等自己籌謀好，璟王爺就帶著阮瀠去京郊的別院調養身體了。

所以，心中有氣無處可發洩的盛陽郡主，自然就把氣撒在孟修言這個嬌滴滴的表妹妾室身上。

周依依性子刁蠻任性，喜歡直來直往，本來就不欣賞陳楚兒這種拐彎抹角、心思深沈的女子，加之孟母偏愛這個外甥女，當初這個女人差點又成了孟修言的妻子，所以她折騰起陳楚兒那是一點猶豫都沒有。

剛成婚的時候，周依依還收斂點，現在她也看出來了，陳楚兒最介意她搶走正妻的身分，所以她故意讓她天天來伺候自己，為的是讓她認清自己的位置，故意折辱她。

就她這個樣子也妄想和自己搶？不自量力！

即便孟母再心疼這個外甥女，自己按著規矩辦事，她也說不出什麼，畢竟現在孟修言在外打點花費都是她出的，她身分又在這裡，孟母也只能忍著！

陳楚兒聽到周依依的話，憋回眼圈裡的淚水，低著頭趕忙去倒茶，恭順地遞到周依依面前。

周依依抿了一口，又將茶杯遞過去。

「腿痠，給我揉揉……」

等到周依依滿意了，陳楚兒才被允許回自己院子。

「姨娘，您還好嗎？」綠繡表現得心疼極了。

這些日子夫人是越發折磨陳楚兒了，不是端茶遞水，就是捏肩揉腿，沒有一刻得閒。

看著陳楚兒痛苦，綠繡心中暗暗高興，她暗暗潛伏在陳楚兒身邊，一日日越發得陳楚兒的信任，為的就是有朝一日能親手為自己報仇！

陳楚兒沒有注意到綠繡眸中的喜意，她現在身上痛極了，也累極了。

前些日子，她還會去姨母面前哭訴一番，現在她知道姨母也不能幫到自己，所以她不寄希望於別人了。

那時候姨母是最支持郡主入府的人，她何嘗不怨恨？

等著吧！表哥這些日子偶爾會來她這裡，等她真的有了孩子，她倒要看看郡主還能如此對自己嗎？

經過上一次事件，她相信表哥會好好保護自己。目前她不得不隱忍，等著吧！她一定會將如今的屈辱一點一點地還回去。

果然，這一天，孟修言還真的去陳楚兒院子裡……

上次他不小心讓她小產，兩人也算是冰釋前嫌了，他對陳楚兒有著愧疚，許諾的正妻之位被盛陽郡主奪走了，他自然會常常過來陪她，也想著再補償她一個孩子。

至於周依依那裡，孟修言真是煩透了，那個刁蠻任性、沒有一點溫柔賢良的郡主，實在是難得他心，所以他只能躲遠著點。

阮瀠與祁辰逸已經習慣在別院的生活。

天氣逐漸變冷，別院這邊倒是還好，因為靠近溫泉，氣溫倒是最適宜養傷的。

阮瀠熟悉治療過程，操作起來越發得心應手，祁辰逸體內的毒素已經去除了一大半。

祁辰逸也開始習慣治療時的疼痛，他已經感覺到自己好轉，雙腿不再像是不存在的一團死肉，明顯感覺出生機。

阮瀠估計再施針一陣子，就可以完全清除毒素，進入下一階段的治療。

到時候要過春節，他們正好回京城過年，也算是緩一緩，過了春節，再回來治療外傷。

這一天，一切如常，剛剛用過午膳的阮瀠接到了英國公府的來信。

阮寧華失蹤了，應該不是意外，他是自己無故離開的。

祖母在信中向她報信，但是也說讓她不必掛心，他們已經派人去探查了。

阮瀠自然知道阮寧華大抵是去別莊那邊接蘭姨娘了，兩人沒準兒直接浪跡天涯，做一對神仙眷侶去了。

雖然是自己促成這一切，此時她還是擔心府中祖父母和母親的反應，他們沒有自己前世的經歷，沒有經歷對阮寧華的深切失望，是否能夠接受，真的不好說。

於情於理，阮瀠此時都要回一趟英國公府。

祁辰逸聽她提起，自然也是同意，他也想跟著一起回去。

阮瀠沒有同意，眼下正是治療的關鍵時期，他不宜挪動，而且來信中也說了，阮寧華失蹤的消息並沒有對外公布，所以她也是秘密回京，祁辰逸實在不方便一起去。

祁辰逸雖然擔心阮瀠自己出行，不過眼下情況如此，也只能妥協。

兩人商議好，今晚治療之後，阮瀠就啟程，明日一早就到京城，儘量在明晚上之前就趕回來，畢竟現在祁辰逸治療腿傷是最重要的事情。

祁辰逸倒是覺得這樣阮瀠太辛苦了，不過也只能這樣。

阮瀠這次決定只帶著暖裀一個丫鬟，和影十一一起走。

當天晚上施針治療完畢，阮瀠就啟程了。

別院中只有帶來的親信知道阮瀠回京城這件事，其餘伺候的下人對此是一概不知。阮瀠回來的時間只有祁辰逸和薛嬤嬤、香衾知曉，並沒有對其他人言語。

一夜趕路，第二天清晨，阮瀠終於回到英國公府。

門房看到自家三小姐回府趕忙進去通報，將人迎進府中。小廝心中還在嘀咕，三小姐不是隨璟王爺去京郊別院了，怎麼會一大早就回府呢？

阮瀠回到府中，直奔正院而去。

老夫人看到風塵僕僕趕回來的嫡孫女也是吃驚，她傳消息的時候知道阮瀠這孩子一定會回來，可是這個時辰抵達，應該是昨晚就啟程了吧？

真是難為這孩子了……

只不過老大永遠都看不出誰是值得的。

昨天晚上府中也接到消息，阮寧華去別莊將蘭姨娘帶走了。

這些日子他難得乖順，私下變賣一些東西以及在公中支取的銀子，他們再傻也猜出來他到底要做什麼了。

原本他們就查出阮寧華是自己離開英國公府，並不是被什麼人給擄走了，現在事情真相已經很明顯了，本來還想著阮瀠不用費心思回來了，沒想到這一大早，她還是趕回來了。

「怎麼一大早就回來了？」老夫人看阮瀠自己一個人回來，也放下心了。她知道夫妻兩人出京的真正目的，所以她最擔心耽誤兩人的事情。

阮瀠進屋第一件事就是觀察祖母的臉色，雖然看起來還好，但她仍是不放心，一邊回話，一邊上前想要為其把脈。

「孫女得知父親不見的消息，當然要回來瞧瞧。只是祖父、祖母也要保重自身，既然父親不是遇到什麼危險，慢慢找也就是了。」阮瀠把過脈，放下心中的大石，好在並沒有什麼事情，胸中有些鬱結罷了。

「祖母沒有事。」老夫人吁了一口氣，拍了拍阮瀠的手。「我讓人去請妳母親了，妳放心吧，她沒有什麼事情。至於妳祖父，等他下朝回來也就能見到了。」

阮瀠著實還惦記著兩位至親，聽祖母這麼說，也就放心了。

當阮瀠陪著老夫人閒聊的同時，收拾妥當的林氏正坐著軟轎而來。

這些日子林氏肚子顯懷不少，冬日路滑，天氣寒冷，她出行都十分謹慎。

即使阮寧華去尋蘭姨娘了，林氏心中也沒有波瀾，並沒有受到影響。

他們夫妻之間早就沒有什麼情誼了，尤其阮寧華一次次想要置瀠兒的幸福於不顧，縱容蘭姨娘一次次傷害自己的子女，她早早就對其失望透頂。

好在女兒順利地嫁入璟王府，與璟王爺恩愛非常。

她肚子裡這個孩子也是有驚無險，躲過了幾次暗算陰謀。

有沒有阮寧華在，其實一點都不重要了。這個男人既然那麼喜愛蘭姨娘，兩人不在府中也算是好事，至少他再也不能針對她的一雙兒女做出什麼讓人匪夷所思的事情。

林氏抵達正院的時候，阮瀠一看到剛進屋的林氏臉色紅潤，就知道母親身體無礙。起身行了禮，阮瀠去攙扶林氏，順便把了脈。

看樣子安胎藥還真是有效，母親的脈象簡直是不能更好了！

幾人坐定，阮瀠終於從劉嬤嬤口中知道事情的原委。

這個渣爹難得人生中第一次做事情如此穩妥，不動聲色地變賣很多自己院子中值錢的什物，又賣乖討好地從公中支取了三萬兩銀子。

臨行前一切算是準備得十足充分，所以他消失了一天一夜，府中才發現這件事。因為他院中慣常使用的一些衣物以及貴重物品都不見了，眾人才隱約猜測他是自己離開的，所以沒有報官大張旗鼓地去找人。

果然，別莊那邊就傳來阮寧華去別莊帶走蘭姨娘的消息。

還有什麼不明白的？他就是蓄謀帶走自己的愛妾，然後遠走高飛了。

阮瀠聽到這些事，很佩服自己渣爹的演技，竟然還能從祖父那裡騙三萬兩銀子出來。

「哎，這個逆子，也想要從妳母親那裡弄些東西，還好林嬤嬤機靈，他才沒有得逞。」老夫人主動補充道。

「父親著實是太不應該了，一家人有什麼事情不能好好和祖父、祖母商量呢？這個年紀還弄出私奔這件事，連大哥哥都不顧及了，真是……」阮瀠本來就心中有數，所以只淡淡說了幾句，畢竟作為子女不應該數落父母的不是。

她看著至親並沒有受到傷害，這就比什麼都重要了。

至於阮寧華帶走的將近六萬兩銀子，阮瀠也不太在乎，按照阮寧華大手大腳的個性，這些銀子可不一定夠他揮霍多久，苦日子在後頭呢！

等到正午時候，英國公回府，一家人坐在一起用了午膳。

阮瀠才知道祖父想要對外宣告阮寧華抱病在家，以後都避免出去見人的打算。

由於阮瀠早早就安排了人盯著阮寧華，她自然心中有主意，還要看接下來的情況，她有的是辦法讓他吃苦頭，甚至再也沒有回府的一天。

吃過午膳，阮瀠就要回去了，儘量不耽誤今天晚上為祁辰逸治療的事情。

英國公等人沒有意見，雖然想要讓她多休息一下，可是也知道璟王爺還需要她照顧，就準備了些東西給她，讓她帶回去。

阮瀠卻不知道，自己離開短短的這一段時間，別院那裡還是出了一點狀況。

原來迎春得知阮瀠回京城的事情，以為自己的機會終於到來了，中午的時候，趁著人不查，偷偷進了正院。

暗衛們自然發現她，可是到底對她十分熟悉，打算觀察她想要做什麼事情，就沒打草驚蛇。

誰知道她進了書房，對著祁辰逸大訴衷情，接著就開始寬衣解帶……

祁辰逸本來惱怒迎春的沒規矩，擅自進了正院，不過顧及姚嬤嬤和一起長大的情分並沒有多加斥責，哪知道她後來的行為，讓他無法忍耐，便叫來暗衛控制住迎春，並派人去請姚嬤嬤過來。

姚嬤嬤得知消息之後也是心中大震，沒想到女兒會做出這樣不知羞恥的事情。

她到了祁辰逸跟前十分沒臉，只是承諾會將迎春遠遠嫁出去，也不管迎春的哭嚎，將人帶走了。

祁辰逸自然知道姚嬤嬤的忠心，給了她臉面，同意了這件事。

阮瀠當天晚上回來的時候，就得知姚嬤嬤先行回王府為迎春主持婚事了。

她不解此事為何如此突然，卻也沒有多問，想來上輩子應該發生類似情況，所以自己前世入府之後，才沒有見過迎春這個人吧！

阮瀠趕忙投入今日的治療之中。

祁辰逸心疼她的辛勞，也感念她的情意，等到她施針結束，就讓她去休息了。

第二十七章

阮瀠這一來一回確實辛苦，帶著人去溫泉房，讓薛嬤嬤在外面守著，她則進空間，準備好好休息一番。

松音跑過來依偎在身邊，看著娘親疲憊的臉，小丫頭懂事地陪她入眠。

等到她休息好了，松音還準備了空間新出產的果子給她。

「娘親不覺得奇怪嗎？那個總用奇怪的眼神看著爹爹的迎春竟然回京城嫁人啦？」松音看娘親已經恢復，八卦的心再也壓制不住。

「妳呀！就不要這麼八卦了，相信妳爹爹可以處理好的！」阮瀠自然知道這其中的古怪，不過她沒想去探究，她相信祁辰逸，也知道姚嬤嬤的忠心。

外面過了半個時辰，阮瀠準時出空間。

回到房間，躺在床上，夫妻兩個有機會稍微聊上幾句。

「岳父可有消息了？」祁辰逸問道。

「嗯，他是自己離家的，去國公府的莊子上，將那位犯錯的姨娘帶走就不知所蹤了。」阮瀠簡單解釋道。

「祖父、祖母還有岳母怎麼樣？」祁辰逸了解阮瀠與家人的關係，所以更關注後面這個問題。

「都還好，祖父對外宣稱父親病了，要在府中養病，也沒有再想尋找他了，既然他不顧家中父母妻兒，為了一個妾室做出離家出走的事情，我看祖父也是真的失望了。祖母也是一樣，不過二老雖然生氣，倒也還好，身子沒有什麼大問題。」這也是阮瀠能如此放心地離開家的原因。

「我母親倒是最看得開，只想著把肚子裡的弟弟保護好，連氣憤都沒有……」

祁辰逸也放下心來，阮瀠這次回京城，雖然很快就回到他身邊，可是他一直懸著心，算是真正體會到自己對一個女子如此在乎的感覺。

正被眾人討論的阮寧華，此時帶著蘭姨娘登上江南的客船。

久別重逢，阮寧華難以抑制自己心中的激動，將愛妾抱在懷中，訴說著這段時間的思念之情。

「蘭兒，咱們此去江南，就去過咱們自己的生活，不用為了權力、地位去煩心，也不用為了兒女去操勞，好不好？」此時阮寧華滿腔都是獲得自由與摯愛女子過著神仙眷侶生活的熱切。

被他緊緊抱在懷中的蘭姨娘，卻委實心裡像是被澆了一頭冷水。

一天前剛見到阮寧華的時候，蘭姨娘內心是無比激動，本以為這輩子就要在莊子上了此殘生，沒想到竟然等到阮寧華來接她。

她以為阮寧華為她爭取到回府的機會，她滿心喜悅，終於不用待在這個偏遠的莊子受苦了，也可以去守護自己一雙兒女，可是跟著他離開莊子，直到上了這艘船，她才知道，阮寧華不是帶她回國公府，反而要帶她去江南私奔。

聽著這個無用的男人抱著她訴說情意與未來的時候，蘭姨娘滿心都是絕望——被打發到莊子上都未曾有過的絕望。

在莊子上，雖然過得苦一點，但是她還有一絲希望，或許阮寧華會拯救她離開這裡，或者阮寧華繼承國公府之後會帶她回去，或者今後兒子醒來，或者女兒有出息了，她都有可能擺脫現在的困境，最不濟，她也希望阮寧華留在國公府能夠保護自己的一雙兒女。

然而，這個男人竟然拋棄了國公府，拋棄了世子之位，竟然要帶著她去什麼江南？她的兒子還昏迷著，誰還會管他？自己女兒在那樣的人家，竟然沒有一個人能給她撐腰，該如何是好？她活著的這些希望，該怎麼辦？

蘭姨娘簡直無法理解這個男人是怎麼想的，可是她已經跟著他出來了，置身於這條船上了……

「世子爺為了妾拋棄家族，這可如何是好？您讓妾以後如何自處？是妾自己犯了錯，甘願在莊子上懺悔的，您回去好不好，和國公爺好好認個錯，您還是世子呀……」蘭姨娘心緒紛亂，只能用以往的口氣勸解他，希望能夠改變他那荒唐的想法。

「什麼狗屁世子，父親已經看不慣我很久了，可能已經想著把這位置給老二了，到時候，我一輩子窩在那個五品官的位置上到死。既然如此，我何必還待在那個家裡？處處受制不說，他從來就沒有重視過我，還不如自己單過自在。」阮寧華一聽蘭姨娘這個提議，馬上激動地反駁。

他算是受夠了，有父親、母親在，他不僅什麼都不能自己做主，自己的妾室、自己兒女的未來，他全都說了不算，甚至自己的前途也一直沒有什麼起色，動不動還要被懲罰，他真的是不想待在那個壓抑的家中，而今有他帶的這些銀子，他保證能夠帶著蘭姨娘在江南過得舒適，遠離了那些煩心的事。

蘭姨娘還想再勸，奈何阮寧華明顯很排斥這個話題，她也看出來了，阮寧華很堅決，不是一時衝動之舉，這該如何是好！

阮寧華也有點失望，愛妾剛剛看到他的時候，明明欣喜若狂，可是自從得知他不是接她回英國公府就變了態度，難道她想要的不是和自己廝守終身，而是看重自己英國公世子的位置，是今後他繼承英國公府的權力和地位嗎？

想到這裡，阮寧華的面色變得不太好看，滿臉柔情變成一種審視，他自認為對這個女人十分寵愛，甚至為了她，他拋開了自己的家族，難道她一點都不感動嗎？

蘭姨娘一看阮寧華這個表情，心裡大叫不好，陪著這個男人這麼多年，對於他的性格，她是再了解不過，所以趕忙調轉話鋒。

「妾十分感動世子爺對妾的好，只不過妾實在很愧疚，爺明明可以在京城享受榮華富貴，今後也有大好前程，夫人也馬上要生產了，可是您卻為了做那麼多錯事的妾都放棄了，妾覺得對不起爺，也怕您日後會後悔，英國公府裡的可都是您的骨肉至親。」說到動情之處，蘭姨娘留下一連串的淚水。

這番作態和話語，總算讓阮寧華心裡舒服了些。看來他是誤會蘭兒了，她愛的並不是他的權力地位，而是真的在乎他過得好不好。

他也一樣，失去蘭兒的那段時間，他吃不好睡不好，現在終於兩個人可以在一起了，他不想再回顧往昔。

「好了，別哭了，既然本世子已經離開國公府，就代表我已經下定決心了，咱們以後就去江南，在那兒定居。人都說那裡氣候宜人，風景秀麗，咱們都這個年紀了，就置辦個宅子，買兩個人，過著富家翁的生活也挺好。」阮寧華又將蘭姨娘攬在懷中，說著自己今後的打算。

蘭姨娘柔順地靠在阮寧華胸前，不再言語，看來她真的無法扭轉阮寧華的打算，也沒有別的辦法。

也不知道謙兒和清兒未來該如何……

都是英國公府對他們幾人不公平，憑什麼他們要過得這麼淒慘，林氏母女還可以在京城享受無限的榮華和榮光？

蘭姨娘心裡又一次湧起對國公府眾人的恨意！

也罷！既然阮寧華對自己用情至深，自己也算有一個籌碼。

等著吧！她不會就這麼算了，本以為國公府肯庇佑她一雙兒女，她願意老實地待在莊子上，既然現實不允許，那麼今後她不會再任人宰割了，她要靠著自己重新回到京城，取回本屬於他們母子的一切！

這邊蘭姨娘惦記著自己的子女，那邊阮清也得知了一些消息。

這段時間她一直忙著固寵，可是娘家的消息一波波傳來，都要將她打倒了。

先是兄長昏迷不醒，後是阮瀠大婚那天牽扯出自己曾經的部署，姨娘也被送走了，

這時又傳出父親重病的消息。

她自然要回去看看，回府之後才知道父親並不是重病，而是離家出走，帶著錢財和

蘭姨娘私奔了……

阮清簡直不可置信，父親怎麼會做出這麼荒唐的事情，他這一走，國公府還有誰會管她的死活？

她在府中看著祖母的神色，尷尬得不知道要說什麼，畢竟，讓阮寧華做出如此荒唐事情的人就是自己的生身母親，加之她暗害林氏的事情也被知曉了，所以她實在無法在國公府待下去，只能匆匆離開。

所以現下的阮清心中十分慌亂，娘家看樣子已經不是自己的依仗，她的肚子也那麼不爭氣，她是謝詹那些女人中最受寵的，可是卻一點動靜沒有，現在這個狀況，以後自己是否還能保持這個地位？

謝家已經開始要為謝詹議親了，以後自己的地位還能不能保……

一想起這些事，阮清有點失去方向。

而這些事，京城中自有一股力量在暗暗窺探。

阮清、蘭姨娘、阮寧華，就像是投向英國公府這平靜湖水中的小石子，用得好了，也許真的能夠掀起一些意想不到的波瀾……

阮瀠回別院後，繼續為祁辰逸治療腿傷，治療效果越發明顯。

隨著朝夕相處，兩個人的感情更是突飛猛進，就連松音有時候都直呼受不了兩人之間的濃情密意。

松音因為兩人之間情愫日深，血緣之力越發濃厚，恢復得更快一些。

這天用過午膳，阮瀠接到來自遠方的消息。

看著祁辰逸還在認真研究京城傳來的邸報，阮瀠說自己想要回房間休息，便離開了書房。

原來阮寧華在江南雲城置辦了宅子，換了個身分，帶著蘭姨娘在那兒生活。

這本平常，然而近期蘭姨娘接觸了一個特別的人，引起阮瀠派去的人之關注。

由於派去的人並不是專業探查消息出身，無法查出那人的身分，只是覺得有古怪就趕緊上報了。

阮瀠突然想起前世對國公府動手的兵部尚書府，會是那些人這麼早就開始針對國公府進行布局嗎？

她雖然最近透過唐力有一些人手，但底子淺薄，此時她在考慮要不要求助祁辰逸。

仔細思索了下，她前世知道祁辰逸手中有一個龐大的信息網，這事雖然看起來不起眼，可是她直覺就是前世的陰謀再次顯現。

自己的重生或許打亂很多事情，但不代表別人對國公府的企圖就消失了。五皇子一直對兵權有著勃勃野心，這麼早就下手布局也正常。

自從重生以來，她把更多精力用在擺脫前世訂婚，再續與王爺的前緣，雖然知道五皇子想要貪圖國公府的兵權，最終導致她的家族覆滅，一直以為那是兩年後才發生的事情，她暫時還顧不上。

此時她突然想到一個可能，因為自己重新歸來，家族覆滅的時間是不是也隨之改變了呢？

想到這個可能，阮瀠知道自己不能再等了，現在一點風吹草動都不能被忽視，若真如自己所想，因為自己的忽視讓家族遭逢大難，那她重生的意義豈不是沒有了？前世的遺憾豈不是要一直伴著自己？

想到此，阮瀠幾乎壓制不住內心湧上來的慌亂，起身去書房。

此時，祁辰逸依然在看暗衛那邊送來的京城消息。

「怎麼過來了？」祁辰逸看著剛剛說要回房間休息的小王妃又回來了，直覺是發生了什麼事情，他不自覺嚴肅了起來。

「臣妾有些事情想要求王爺幫忙。」阮瀠關上門，沒有拐彎抹角，直接說出自己的想法。

祁辰逸聽到這話，也知道阮瀠是真的有事要說，看著她略微心慌的神情，便推著輪椅主動迎了過來。

阮瀠趕忙接手輪椅，推著祁辰逸，兩人一起去桌子那邊。

「妳我之間就不用說什麼求了，妳的事就是本王的事，到底怎麼了？」祁辰逸輕聲問道，畢竟他從來沒有看過阮瀠慌亂的樣子，她一直以來都是鎮靜的，即便這些日子發生那麼多事，她依然是坦然面對，今日卻不知道是怎麼了。

「是這樣的，臣妾的人找到了父親，他帶著蘭姨娘在江南的雲城定居了，本來臣妾想著，既然他那麼想要和自己的愛妾廝守，也就暫時沒有告訴家裡那邊。不過有奇怪的人暗中接觸蘭姨娘，臣妾想著來者不善，自己卻無法查出到底是誰的手筆，只能來找王爺幫忙了。」阮瀠感動於王爺的態度，這些日子兩人的感情漸入佳境，所以就直接交代了事情原委。

還真是巧合，祁辰逸剛好看到阮清現在的狀況，因為娘家那邊不得力，謝詹又得了新人，最近受到一些冷落。而且，謝家為謝詹定了常勝將軍府的女兒，讓阮清慌張了起來，這時候也有人正在接觸阮清。

祁辰逸再聽到阮瀠說蘭姨娘那邊有人在暗中接觸，這就耐人尋味了。

「本王這裡也得到消息，兵部尚書那裡正在接觸妳那個庶妹，也許蘭姨娘那邊……」祁辰逸透露了這邊的消息。

阮灤心想，果然如此，上輩子五皇子想要拉攏祖父，祖父根本不想摻合到皇子爭位這種事情裡。

那時候四皇子最得宣帝寵愛，七皇子名聲在外，祁辰逸因為腿傷沒有競爭力，所以五皇子一直想要收攏兵權為自己所用，他娶了兵部尚書的女兒，又打起英國公府兵權的主意，實在拉攏不成，就從阮清和阮謙下手，誣衊祖父和二叔通敵，又利用了渣爹，最終毀了整個英國公府。

今生阮清並沒有嫁入兵部尚書府，阮謙昏迷不醒，渣爹也被自己使計謀弄出京城，可是這幫人還是沒有放棄，竟然找到了新的突破口，真以為他們阮家是好欺負的呢！

她只是還沒有找到機會報前世之仇！

祁辰逸一看自己剛剛說出兵部尚書府，阮灤就陷入沈思，之後眼中射出一種讓人覺得發寒的銳光，他心裡就明白，她應該是想到什麼事情。

他沒有想到自己的小妻子會如此敏銳，她應該猜想出有人要針對英國公府，所以才會有這種表現。

這又讓他了解到阮灤的另外一面，這樣的她更加吸引他，直覺這個女子是可以和自己攜手並肩的。

「請王爺派人幫臣妾查一查，接觸蘭姨娘的人是誰，又意欲何為？看來有些人是看不得英國公府的平靜了。」想通了一切，阮瀠和祁辰逸說道，此時她是真的需要祁辰逸的幫助。

祁辰逸點頭，就算她不說，這件事他也必須要查個清楚。

有祁辰逸的幫忙，阮瀠自然放心許多，今生今世她絕不會再讓人有機會傷害她的家人。

不出兩日，祁辰逸的人就傳回消息，接觸蘭姨娘的人果然是兵部尚書那邊的人，目的很簡單，想要和蘭姨娘合作，到時候能夠利用阮寧華，一舉擊垮英國公府。

而阮清這邊也是這個意思。

不說兵部尚書府許下的好處，就憑母女兩人對英國公府的恨意，她們絕對會同意。

雖然阮瀠看清母女兩個的為人，她還有一點有些不太清楚。

「她們和五皇子合作，為何不和七皇子合作？畢竟武陵伯府是七皇子一派的，就算搬倒了英國公府，得利的也是五皇子……」阮瀠實在有點不明白阮清的想法。

上輩子阮清嫁進兵部尚書府裡自然說得過去，今生明明進了謝家，卻……

「妳這個庶妹跟了謝詹之後過得並不好，謝詹委實有些亂來，所以她應該是恨著謝家的！」祁辰逸沒有提及謝詹到底是如何亂來，那些事情太過於不堪入耳，還是不要讓阮瀠知道比較好。

阮瀠有些明白了，阮清本來就是睚眥必報的性子，所以也不難理解她與兵部尚書府聯繫的原因，蘭姨娘估計也是對英國公府恨之入骨才選擇背叛。

可是她與阮清通信了嗎？

仔細一想，倒是不盡然，蘭姨娘除了對英國公府的恨，也有對阮寧華的怨懟，她在江南無計可施，根本也沒有人手，此時只有接觸她的人這一條路子，她也無從選擇。

皇位爭奪的事情，蘭姨娘已經不想管了，她只想重回京城罷了！

得知五皇子的陰謀，夫妻兩個靜默了一會兒。

「如果謝詹知道阮清和兵部尚書府合作……」阮瀠正煩惱如何處理蘭姨娘母女，突然想到，倒不用這麼麻煩。

若是謝家知道阮清與五皇子一派聯繫，無論她是針對英國公府還是誰，在他們眼中她就是背叛了，自然不用自己這邊出手，五皇子和七皇子那邊也會先鬥起來。

至於蘭姨娘那邊，他們既然已經知道對方想要做什麼了，不如先按兵不動，等著關鍵時刻打他個措手不及！

祁辰逸點了點頭，他也是如此打算，沒想到兩個人竟然想法一致。看樣子他還是太忽略小王妃的智慧了，她並不是普通的閨閣女子。

商定之後，祁辰逸就著人去辦這件事，由於馬上就要春節了，夫妻倆打算半個月後啟程回京城。

祁辰逸體內的毒還有十天左右就會完全去除，阮瀠沒想到在空間中滋養會如此有效，現在祁辰逸已經恢復知覺。

當初祁辰逸受傷，雖然各路名醫沒辦法治好他，但外傷的處理上還是做到位，骨頭的問題並不大，肌肉和筋骨這些日子在空間靈泉的滋養下也好了不少，想來解毒之後，再治療一個月，應該就能夠逐漸能站立，剩下就是慢慢康復鍛鍊了。

想著這些事，阮瀠心中真是對未來生活充滿了希望。

這邊阮瀠對未來充滿希望，那頭的孟修言卻正好相反。

他正在京城最著名的戲園子裡，神情恍惚地看著戲臺上的表演，眼前卻流轉著不同的畫面，一瞬間讓他懷疑起今日是不是衝撞了什麼不乾淨的東西。

他看到了幾個畫面，當初自己納了楚兒之後，去阮家最終得到原諒，阮瀠一身大紅嫁衣嫁給自己，娘親勸他莫要洞房，他外派去瀛城為官，表妹懷孕返京，自己回京途中得到消息，阮瀠生病暴斃，阮家傾覆⋯⋯

接著，孟修言的感受越發真實，畫面中那時候他很傷心，可是回京之後因為在瀛城政績出色，仕途從此十分平順，楚兒柔弱卻治家有方，甚至交好了幾位貴夫人，委實風光了幾年，曾經的結髮妻子也被他逐漸遺忘在時光裡。

後來，他被捲進幾位皇子奪位事件中，本來以為自己跟對主子，奈何就像有一隻手，推著他墜入深淵，陳楚兒殘害髮妻之事被翻了出來，他們孟家就這麼毀了……

全家流放，死於途中，死的時候連張席子都沒有。

畫面定格了。

孟修言此時臉色是慘白的。

「孟兄……孟兄你怎麼了？」請他來聽戲的同僚看到他這樣的神色，也發覺不對，趕忙推了推他。

孟修言的眼睛逐漸有了焦點，卻彷彿無法從剛才的事情中反應過來。

「我沒事……我……」沒等說完，孟修言就暈了過去。

同伴嚇了一跳，也不敢耽擱，趕忙請了大夫。

大夫診斷後，孟修言並無大礙，只是急火攻心罷了，同伴也不知道剛才到底發生了何事，只能將人用馬車送回孟府。

孟母看著兒子昏迷不醒的時候，簡直就要嚇死了，哭哭啼啼地將人迎進孟修言的院子，陳楚兒自然伺候在一邊。

周依依則一早就出去了，說是去買點衣裳、首飾，現在還沒有回來。

孟母追問孟修言如何了，同伴只能將前因後果如實說完，幾人就告辭了。

「郡主還沒有回來？」孟母平靜下來，才想起這個兒媳婦。

兒子經歷這些事，她竟然不在身邊，真是太不像話了！這時候她不禁後悔起自己當初的想法。

丫鬟們都沒有接話，答案很明顯了。

孟母因為剛才一番折騰實在是有點受不了，此時也沒辦法，只能讓陳楚兒守著兒子，自己在外間的榻上略躺一下。

過了約莫半個時辰，周依依終於回府了，聽說孟修言無故暈過去，讓人去將新買的東西放下，自己則不慌不忙地奔著前院而去。

今兒她心情本來就不好，孟修言還給她找事情，可是她也不得不去，即便他們夫妻感情不好，她也要去跟前照顧一二——不過她也沒打算自己出力，陪嫁丫鬟就夠用了。

「母親，兒媳回來了。」一進門就看到躺在外間的孟母，看著她不滿意的神色，周依依也沒有當回事。

她摸清楚婆婆的性子，欺軟怕硬，自視甚高，明明沒什麼本事還想擺譜，她可是從來看不慣。

「妳還知道回來……」孟母起身想要訓斥周依依兩句。

「兒媳當然知道回來，聽說夫君病了？我進去看看！」周依依也不管孟母，直接就挑起簾子進了內室。

一進門就看到陳楚兒這個狐媚子細心地為孟修言擦臉，周依依一看到這一幕就煩。

「這裡不用妳了，下去伺候老夫人吧！」周依依不耐煩地擺擺手，打發陳楚兒下去。

「可是表哥這樣，妾委實是不放心……妾……」陳楚兒還想要藉著這種時候刷一下存在感，哪想到郡主一進門就趕她出去。

「本郡主說話聽不到嗎？」周依依本來就氣不順，看到陳楚兒這番作態，心裡更是火冒三丈，大聲呵斥起來。

「好了，言兒還昏迷著，做什麼高聲讓嚷。楚兒也辛苦了，扶著我去隔壁歇一歇，這裡就讓郡主照顧吧！」孟母這時候聽不得吵鬧，趕忙出聲打斷。

陳楚兒不情不願地退下了。

周依依示意自己的大丫鬟寧枝接手照顧孟修言的事情。

看著床上人蒼白的臉色，還有俊逸的五官，她彷彿回憶起幾個月前自己看上這個男人的原因，就是有一種病態的美。

成婚以來，孟修言的冷落讓她逐漸不滿意，不過她可不是委屈自己的性子，既然孟修言不來找她，她也不想拿熱臉貼冷屁股，反正自己折騰陳楚兒也能打發時間，而且在自家府上養的面首們還在，她偶爾出府會回到自己的地盤。

今日看著他這樣子，她又想起當時的那一抹憐惜。

「帕子給我，我來。」周依依看著安靜的孟修言，想要伸手撫弄一下他的五官。

正在這時，床上的孟修言嘴裡呢喃著。「瀠兒……對不起……」

周依依伸出去的手頓住了，臉色變得鐵青。

「又是阮瀠！」周依依只覺得胸中有一種怒火即將壓抑不住。

上次璟王爺大婚的時候，孟修言大醉嘴裡呢喃的是阮瀠，今日這種情境下還是念念不忘，真當她周依依是好性子呢？

把帕子往床上一扔，周依依氣呼呼起身，大步離去，也不管此時昏迷的孟修言。

「阮瀠是吧？妳等著，本郡主的男人心裡就不應該有別人！」

寧枝趕忙跟著自家主子出門，而孟母那邊並沒有聽到響聲，還在隔壁開解著剛剛受委屈的外甥女。

孟修言昏迷之中，腦子裡也是亂糟糟的，並沒有再出現什麼畫面，卻是思緒亂飛，分不清現實世界到底是什麼樣子。

突然，感覺到一張帕子落在自己手上，他睜開眼睛，就看到周依依離去的背影。

他猛然坐起來，又有了真實的感覺。

他已經與阮家退親了，阮瀠也成為了璟王妃，自己娶了盛陽郡主，仕途並沒有什麼起色……

他沒有與阮瀠成婚，也沒有外派這樣的事情發生，那些畫面可能是自己的幻想？難道是他不滿意現在這樣的生活，心中總惦記著阮瀠？

他想不清楚，可是也不得不面對自己現在這一團糟的生活。

又想起畫面中自己一家的結局，他更是不願意去想那種生活的可能性……

對，楚兒沒有害任何人，自己仕途這個樣子，根本沒有哪個皇子會注意到他，他娶的是盛陽郡主，他……

這時候，他那些想要在仕途上大顯身手的想法逐漸遠去，也許得過且過、及時行樂也是一種態度！至少能保住一條命不是嗎？

他不禁想起前些日子在街上買下賣身葬父的女子，被安置在之前為陳楚兒置辦的宅子裡。

那女子容貌清麗，氣質和阮瀠有那麼幾分相似，反正周依依根本不是自己想娶的人，陳楚兒……
本來這些日子有些轉變的心思，因為這些畫面而歇下了，即便那些事情都是他幻想出來的，可他就是莫名厭惡起陳楚兒。
他想著，既然不想在朝堂上有什麼作為，更不想捲入什麼紛爭，生活上也沒有什麼別的愛好，那麼總要找一個自己喜歡的生活方式過日子。
且說孟母剛哄好了陳楚兒，來這邊看孟修言有沒有醒，一進門掀起簾子，就看到屋內一個伺候的人都沒有。
他的兒子孤零零地躺在床上，彷彿有什麼事情困擾著他。
「我的言兒，你醒了，現在感覺怎麼樣？」孟母壓制住內心的惱怒，先關心自己的兒子要緊。
「我沒事的，母親，您莫要擔憂。」
孟修言看到母親的到來，想起今日幻想的畫面中，母親諸多刁難阮灤，心裡有了一絲異樣，不過終究母親是愛護他這個兒子，為了護著他忍受了不少的苦痛。
「你怎麼會暈倒？大夫說你是急火攻心之症，當時到底發生了何事？」孟母直覺兒子有事情瞞著自己。
自從他娶了盛陽郡主之後，母子兩個的關係變得更差了，現在他連這麼重要的事情都不和她說？

「兒子也沒發生什麼事，就是突然失去意識，現在已經好了。」孟修言當然不能說腦子裡突然出現的畫面嚇到了自己，於是打算敷衍過去。

孟母見兒子不願意說，心裡感慨著母子關係的漸行漸遠，只能轉而提起別的話題。

「這郡主也是太不像話了，剛剛楚兒在這裡照顧你好好的，她非要將人趕走，自己又不在這裡照顧你，竟然沒影了！你說說，咱們家怎麼就娶了如此不賢不孝的人進門……」

孟修言此時心緒還有些亂，真的沒有心思解決後宅這些事，只能推託說頭還是有些暈，以此躲避孟母的碎唸。

第二十八章

武陵伯府謝家，阮清此時身著單薄的常服跪在正廳冰涼的地上。

「沒想到啊，阮清，妳真是長本事了，還能夠搞裡應外合這一招了，是不是？」謝詹一想到剛剛父親將自己一頓數落，說他沒有管理好自己的後院，就怒從心中起。都是眼前這個女人，愚蠢！為了報復英國公府竟然和兵部尚書府合作！

要不是七皇子那邊消息靈通，得知了這個消息，他們一家還被蒙在鼓裡！要是真被這個女人得逞了，英國公府是倒楣了，但得利的就是五皇子一派。

現在的成年皇子之中，四皇子、五皇子和七皇子都有著各自的優勢，形勢處在一種微妙的平衡。

四皇子外祖家勢力最弱，卻最受皇上的寵愛；五皇子雖然外祖家家世最顯赫，但是那人腦子和別人不一樣，行事過於張揚；七皇子素來名聲最好，可是因著上次和湯家退親的事情弄得很尷尬，近來好不容易協助謝家定了常勝將軍府的親事，這邊阮清卻跑過來壞事。

「世子在說什麼？妾聽不懂！」阮清本以為謝詹將她從房中拖出來是因為其他事

情，一聽他這話，她心裡也是驚了。

她是和兵部尚書府有所謀劃，可是這並不關謝府什麼事情呀！她什麼也不能承認，否則……

謝詹豈會看不懂她的小心思，他是耽於女色，在男女之事有些胡鬧，並不代表他沒腦子，就算他一時看不明白，可是謝家人可不糊塗。

以往他還願意寵著她兩分，無非是看在英國公府如日中天的分上，加之阮清乖巧聽話，能夠配合他一些荒唐的要求，不代表這個女人就可以做出背叛謝家的事情。

「妳還以為自己裝得挺好的是吧？打量著爺不知道妳想要幹什麼？妳竟然和兵部尚書府合謀謀算自己的娘家，本世子從前是不是太小看妳了？」謝詹沒有興趣與這個女子打啞謎，直接挑破她的陰謀。

阮清眸光一凝，果然是因為這件事。

「世子爺誤會了，妾沒有這個打算，妾怎會這麼做呢？」阮清還是想要狡辯，她抬起頭，用最可憐兮兮的表情面對謝詹。

「哼！妳這個蠢婦，打量著本世子不知道妳娘家現在是什麼狀況嗎？妳哥哥昏迷不醒，妳姨娘和妳爹爹竟然拋下你們兄妹走了，妳所做的事情也得罪了妳嫡母，現在妳在英國公府沒有能依靠的人了，所以就想要毀了它，是不是？」謝詹將阮清的心思猜透了，甚至他也想得出兵部尚書府允諾她的好處。

謝詹緩緩蹲下，一邊說著他極準確的猜測，一邊伸手握住阮清纖細的脖子，慢慢撫摸著那嬌嫩的皮膚。

阮清害怕極了，心中一陣冰涼。她知道這個謝詹是個瘋子，他什麼樣的事情都做得出來。此時她有些後悔自己一時的決定了，眼下事跡敗露，謝詹不會放過自己吧？

「妾……妾知道錯了，請世子饒恕妾的愚蠢，妾只是一時太於生氣，就想著讓欺負我們母女的人都能夠受到教訓。」阮清感受著謝詹的摩挲，身上的汗毛盡數豎了起來，她顫抖著為自己求饒。

「妳說本世子是不是要原諒妳？」謝詹突然挑眉笑了，那神情倒似平常調情時候的樣子。

「只要世子肯原諒妾，妾何事都願意做！」阮清聽出了一線生機，趕忙抓住機會誠懇表態，此時她心裡只有活下去的念頭，已經不敢想像未來如何了。

「妳表面上繼續與兵部尚書府合作，到時候本世子讓妳做怎麼，妳就照做。妳不是想要報復英國公府嗎？本世子可以幫妳做到，再怎麼說妳也是本世子的枕邊人呀！」謝詹輕柔地撫摸著阮清的面龐，聲音變得低沈了起來。

阮清點頭如搗蒜，現在她可是不敢要什麼花招了，而且謝詹說了要幫她報復英國公府，她自然是不會反對。

謝詹看她如此乖巧，伸出手將人拉起來，擁著她將人送回房間。「我的小清清，一定要乖，要不我可是會生氣的！」

即便謝詹語氣尋常，似乎還有些調笑的意思，但阮清知道這是在警告自己，她乖順點頭，目送他離開。

今日她可是受夠了驚嚇，現在雙腿還是發軟，趕忙回到床上躺著！

本以為自己活不成了，現在竟然還有生機，甚至還有扳倒英國公府的可能……

而謝詹解決了阮清的事，就去和父親商議事情，他們趕著將消息傳給七皇子和惠妃娘娘呢！

整個謝府的動靜並沒有瞞過祁辰逸的眼睛，消息傳到別院的時候，阮瀠和祁辰逸正在用晚膳。

看到傳回來的消息，祁辰逸默默遞給阮瀠。

阮瀠看到上面的消息，心裡也是一驚。

本來他們這邊打算將阮清的作為透露給謝府知道，沒想到七皇子的消息如此靈通，已經得知這件事。

不過謝詹並沒有處罰她，反而放過她，這件事情就很耐人尋味了。

「探查消息的人並沒有聽到他們具體的談話，可是想來情況有變化了。」祁辰逸解釋道，現在有些事情他倒是願意和小王妃交流，何況這本來就涉及英國公府。

「既然阮清沒有被禁足或者被害，那就說明謝家留著阮清還有用處，七皇子既然已經知道阮清的事，那麼很可能他們要反著利用阮清來對付五皇子一派……這心思還真是不簡單。」阮瀠也想通其中環節。

祁辰逸點頭。「我這個七弟除了在上次退婚一事糊塗，其餘時候可精明得很。」

雖然事情和他們的想像有出入，不過結果倒是差不多，七皇子看樣子要狠狠啃下五皇子一塊肉才甘心吧！

五皇子這邊還有蘭姨娘、阮寧華這張底牌，這是七皇子那邊沒有查到的，到時候是哪邊真正得利，還不敢說呢！

只不過英國公府是這件事情的焦點，如何保住家族還是要仔細籌謀。

祁辰逸看出阮瀠所擔憂的事情，伸出手，握了握她的小手。「放心吧，英國公府不會有事的！」

他不會允許英國公府有事。

阮瀠回望他堅定的神情，心裡暖暖的。

是呀，這輩子，她可不是那個困於後宅一無所知的阮瀠了，這輩子她不僅僅已經掌握了敵人的陰謀，身邊還有王爺共同應對，她還有什麼好怕的！

她此生不僅要保護好自己的家人，還要將那些黑手各個擊破，讓他們也嘗一嘗家破人亡的滋味！

還有阮清……就讓她再蹦躂一會兒吧！

夫妻倆用完晚膳，在院子裡消食後，就開始今日的治療。

在這種多方角力、謀劃一個巨大陰謀的時候，凝貴妃和四皇子還執著於帝王寵愛這件事。

畢竟凝貴妃就是靠著宣帝的專寵，才將劉家逐漸拉拔起來；四皇子祁辰炤有如今這地位，也是因為宣帝最喜歡這個兒子。

此時碧蓮宮的臥房內，祁辰炤正和凝貴妃說話。

他剛從聖乾宮那裡離開，因為最近辦的一件差事得了宣帝的誇獎，凝貴妃看天色晚了，就留他在宮中過夜。

這些日子正是凝貴妃腿傷最難挨的時候，所以特意傳喚他過來。

「母妃，您這腿傷正是關鍵的時候，可要忍住了，千萬不能挪動。」祁辰炤看著母妃難耐的樣子，趕忙勸阻。

「這骨頭又癢又麻的，簡直是太難受了……好在秦太醫說本宮這是快要好了，過段時間就可以下地了。」凝貴妃忍住想亂動的衝動，和兒子說說話，緩解一下痛苦的感覺。

「鸞歌這段時間可是風頭無兩，不知道她對母親可還尊敬？」關心完母妃的身體，祁辰炤說起眼下最關心的事情。

「她還是敬著你母妃，日日都到本宮跟前來，態度依然恭謹，本宮交代的事情辦得都挺好，當初還是炤兒的主意好。」凝貴妃還是很滿意劉鸞歌的表現，除了她深得陛下寵愛讓她有些吃味。

可是她現在這樣子也是沒辦法，與其讓別人得了寵愛，還不如留給自己人，畢竟劉鸞歌是她準備用來固寵的。

「父皇這些日子可還來看望母妃？」祁辰炤更關心這件事，雖然他出主意送表妹入宮來固寵，可是也不希望母妃真的失寵。

「來的。」凝貴妃笑了。

這也是劉鸞歌的好處，常常在陛下面前提及她這個姑母，陛下顧念舊情，也常常來關心她。

凝貴妃母子都得意於自己下的那步棋，卻沒有想到劉鶯歌是個不簡單的人物，這承寵的短短時間，她竟然有喜了。

不過她自然瞞得緊，宮裡還沒有人知道。

「主子，您這些日子可瘦了些，多吃一些吧！」

「我實在是沒有胃口。」劉鶯歌剛剛吐過，實在吃不下這些一看就很油膩的飯菜。這一胎隱瞞得太辛苦了，不僅僅是她孕期的反應有點大，還要應付皇帝和凝貴妃，實在有些難熬。

「這可怎麼好，這樣對孩子也不好呀！」貼身丫鬟雲彩焦急地說。

「再過一陣子就好，過了三個月，就不用瞞著了。」到時候胎象穩了，就算有人想要算計她，也沒有像現在這樣容易了。

現在她不僅需要防著各宮妃嬪，還需要防著自己的好姑母——她應該是最不想要姪女生出一個兒子！

不過，這也是劉鶯歌最好的底牌，只要能夠順利把孩子生下來，以後她的地位就穩了，不用像現在這樣處處仰人鼻息了，她等著揚眉吐氣的那一天！

雲彩知道自家主子的難處，沒有再多勸，便將沒有動過的餐食端下去，畢竟現在這種味道，主子聞多了也受不住。

劉鶯歌回到床榻上，輕柔地撫弄著自己的肚子，眼中的野望就像是要流淌出來一般。

時間又過去近半個月，這一天施針結束，祁辰逸發現自己的雙腿已經恢復知覺，那種對於微小疼痛的清楚感受，讓他驚喜萬分。

阮瀠沒想到此次施針過後竟然餘毒盡消，為了確定自己的診斷，她還特意叫了松音出來再次確認。

「娘親，爹爹所中的毒已經完全清除了，過段時間就可以著手治療外傷了。」松音經過觀察和感應，確定地說道。

「太好了！」阮瀠高興地說出聲。

祁辰逸看到阮瀠這個表現，即使已經猜測到結果，可他還是想要聽到她親口說出來。

「什麼太好了？」他順勢問了一句，此時他的內心激動又緊張，就怕聽到不是想要的消息。

阮瀠才反應過來，自己竟然無意識將想法說出來了。

「娘親怎變得這麼笨呀！哈哈哈……」松音在一旁嘲笑她。

阮瀠沒有理會松音的嘲笑，現在她內心的激動比祁辰逸只多不少。

「臣妾是說太好了，王爺體內的毒已經完全去除，等咱們回京過完春節，回來之後就可以調養外傷，臣妾可以保證不出一個月，王爺就可以慢慢恢復行走了！」阮瀠宣佈這個激動人心的好消息。

雖然已經預期是好消息，可是聽到阮瀠的確認，祁辰逸還是感覺不真實。他曾經的失望和絕望早就堆積在內心深處，讓他不敢輕易相信。

可是阮瀠不會騙他，身體的感覺也不會騙自己，現在他才開始期待能夠再次站起來的那一天。

祁辰逸激動地將阮瀠擁在懷中。「謝謝妳，瀠兒，真的謝謝妳！」

阮瀠剛剛施針結束，人還有點疲累，他伸手過來的時候，她沒有反應過來，就跌進一個溫暖的懷抱，然後聽到他在自己耳邊的呢喃。

阮瀠感覺自己要高興地流下眼淚，不知道為什麼明明上一秒還高興得想要跳起來，此時內心又酸楚得想要流淚。

大概是心疼這個此時有點感性的男人吧？

她沒有作聲，靜靜地閉上眼睛，逼回自己的眼淚。

這是高興的事，她才不要哭呢！

祁辰逸也不需要她的回答，夫妻倆就這樣靜靜依偎，直到門外的慶源出聲。

因為每天的治療過程都是這樣，今日竟然格外長，慶源隱隱聽到「太好了」這樣的字眼，實在忍不住才問出聲。

兩個人從自己營造的世界中走出來。阮瀠尷尬地起身。

雖然毒已經完全清除了，但今天還是要泡藥浴。

等到慶源進來，阮瀠沒有像往日一般離開。看著慶源將人送進藥浴桶中，她搬了一張椅子坐在旁邊。

「咱們這兩日就可以準備回京城，快要過新年了，再不回去，母后肯定是要著急。」

「嗯，妳安排就好！」祁辰逸答應著，目光溫柔繾綣。

慶源有點尷尬地處在兩個人這種曖昧的氣氛之中，不禁懷念每日施針之後，王妃去別處休整的時候，眼下自己真心有些待不住。

「妳剛才也累了，去榻上躺一會兒吧！」祁辰逸看她仍然有些汗濕的額髮，知道她實在疲憊，又想要她在這時候陪著自己，所以讓她去旁邊的榻上休息。

阮瀠點頭，沒想到不一會兒，就疲憊地睡了過去。

祁辰逸看到她這樣，頗為心疼。她為了替他解毒，日日如此辛苦，直到今天終於毒清了，她也因為操勞過度而有些清瘦。

自己這一生，最大的苦難是在戰場上被人暗算殘了雙腿；最大的幸運也是因為這雙殘腿收穫了這位王妃。

他有時候都不禁要想，阮瀠就像是為了成為他的王妃而生的，不僅能夠解除他的苦難，救贖他逐漸變得不健康的心態，她身上的每一處都恰到好處為他所欣賞、愛慕，也不知道自己前世是做了多大的好事，才能夠被上天如此厚待。

曾經他怨念上天對自己不公平，現在他只有感謝和感恩！

若是阮瀠知道祁辰逸的心思，估計會說他猜對了，就是因為上輩子他好心救下在亂葬崗還有一口氣的她，才有後來的阿默，才會有松音，有今生的阮瀠……

泡過藥浴，香衾已經整理好床鋪，慶源和丫鬟將祁辰逸夫婦抱至床上。

往日裡容易驚醒的阮瀠，也許是心中大石落下，睡得格外熟，連落入一個溫暖的懷中，也沒有要醒來的意思，只是習慣性在那人懷裡蹭了蹭，找了個舒服的姿勢繼續睡去。

眾人放下床帳，退下。

床帳內只有小夫妻溫暖的氣息交融，祁辰逸只覺得幸福極了，摟緊懷中的嬌妻，也陷入睡眠之中。

松音看著相擁而眠的兩人，認命地獨自將人轉回空間，一併送入靈泉之中。

「本仙真是太難了！」松音搖搖頭，回到竹樓臥房內休息。

第二日，阮瀠睜開眼睛，感覺外面快要天亮了，趕忙將祁辰逸衣裳換下，將人送出空間。她也換了衣裳，去竹樓看了下睡熟的小松音，親了親她的額頭，便出了空間，躺在床上。

終於，她為王爺解了毒。回京城之後，她還可以去看祖父、祖母還有母親，不知道他們這陣子過得怎麼樣？

這是她重生後的第一個新年，想一想前世這個新年是在孟家度過，那時候孟修言已經外派，過年沒有回來，她為了讓孟母高興，費盡心思張羅了年夜飯，卻還是被孟母以陰陽怪氣的話語數落。

那時候的自己為什麼就能夠忍下那一切？

今生的新年，她將過得完全不一樣，因為她的身邊是他！

一想到這裡，阮瀠臉上漾起甜蜜的微笑。

晨起後，用過早膳，祁辰逸去書房安排一些事，阮瀠則開始著手安排伺候的人收拾東西。

他們準備明日一早啟程，這樣慢慢走，傍晚就能回王府，後日一早就可以先進宮請安。

正收拾著，祁辰逸派人過來，請阮瀠去書房，阮瀠趕忙跟著過去。

「可是發生了什麼事？」見祁辰逸手邊放著傳信，她直覺是英國公府出事了。

一看阮瀠有點慌亂的表情變化，他有點後悔自己的冒失，她應該是想到什麼不好的事情。

「英國公府沒事，那兩邊我讓人緊盯著。」他趕忙出聲安撫。

阮瀠知道自己想多了，尷尬地笑著點了點頭。

「不過，阮清雖然對英國公府這邊還沒什麼動靜，卻是和盛陽郡主那邊有所聯繫……」祁辰逸將現在得到的消息告知阮瀠。

阮瀠疑惑，這兩個八桿子打不著的人怎會有聯繫呢？

原來謝家覺得阮清是一步好棋，即便她只是個妾室，也有一些機會跟著謝安的夫人出去交際。本來因為她是阮瀠的妹妹，周依依處處針對，後來兩人竟然和解並有了聯繫。

祁辰逸解釋原委，阮瀠知曉兩人估計是要針對自己。

不知道這次又是什麼骯髒手段？

她與孟家人真是孽緣，孟修言娶的媳婦也要給她添堵！

另外，祁辰逸的情報網，已經得知鶯貴人有一個多月的身孕了。

第二十九章

際遇真的會影響人的心情，就像阮瀠和祁辰逸，出京與返京時的感受差別就很大。看著眼前熟悉的京城、熟悉的事物，竟然有一種恍如隔世的感覺。

阮瀠輕輕放下車簾，由於馬上就要進城了，不方便再掀起車簾向外看。

馬車踢踏和著京城的熱鬧，尤其是傍晚，別有一番逸趣。

本來兩人打算明日再進宮，但是皇后娘娘知道他們夫妻回京的消息，真是一刻都不想再等待，畢竟一個多月未見，她著實想念祁辰逸了，所以傳信過來，要他們一抵達京城就入宮，今晚趕不及出宮就留宿在此。

阮瀠雖然覺得回王府更自在一些，但是也能理解鄭皇后對兒子的掛念，遂沒有拒絕。

進宮之後一行人沒下馬車，直接去了鄭皇后的鳳藻宮。

「可算把你們盼回來了！」鄭皇后身著一身藏青色的宮裝，不似上次穿著華美，人感覺更親和了，而且在自己宮中，情緒也稍微外露了一些。

只不過鄭皇后面色看起來有些疲憊，想來這段時間宮中並不平靜。

「給母后請安。」祁辰逸和阮灤趕忙上前請安。

請安之後，一行人進了飯廳，鄭皇后是特意等著兩人回宮一起共進晚膳。

「你父皇這些日子國務繁忙，剛剛讓御膳房送來了幾樣菜，辰逸明日再去請安。」

鄭皇后自然知曉這都是推脫之詞，可是她不想在兒子面前表現這個事實。

祁辰逸點了點頭，事情如何他再清楚不過，不過也不點破就是了。

「母后，咱們先用膳吧。」阮灤看鄭皇后的神色，感覺她最近應該是沒有休息好，想著一會兒用過膳，沒有外人在的時候為她把脈。

鄭皇后點了點頭。

三人分主次坐在餐桌前，一家人吃得其樂融融。

之後，三人回正殿，時辰還早，倒是不急著回去，幾人也想聊聊這段時間發生的事。

宮女呈上今年的新茶後，殿內僅留下三人以及兩位嬤嬤。

「母后，兒媳看您氣色不太好，讓我給您看看吧？」阮灤知道宮中定期有太醫為皇后請平安脈，可是她這臉色明顯不好，所以也不打算對自己的本事藏著掖著。

鄭皇后有一點驚訝，不過看兒子認同地點了點頭，也就伸出手，讓阮灤細細檢查。

她不知道阮灤竟然有這樣的本事，不過既然她一直沒有顯露出來，說不定有什麼特殊緣由。

隨即，阮瀠皺起了眉頭。

皇后這可不是沒有休息好的緣故，而是中了慢性毒藥，只不過下藥的日子還短，而且下藥人很謹慎，量也不多，所以鄭皇后才只是表現出臉色略差，精神不濟，就像是過於操勞的樣子。

祁辰逸看到自家王妃這個神情，心裡也覺得不好。

別人不清楚阮瀠的本事，他可是最了解不過，就連他的腿疾人人都說沒有得治，她都有辦法，這次一定是發生了什麼事情。

祁辰逸看到周圍伺候的都是親信之人，點了點頭，示意阮瀠可以說。

鄭皇后在宮中多年，看到兒子、兒媳的神情，就知道自己這身子不是簡單的病症，她和身邊的人一直以為是這陣子後宮不平靜，她過於操心費力才感到容易疲憊，現在看來並沒有那麼簡單。

「母后這是中毒了……」阮瀠輕輕地吐出這個結論。

阮瀠此時想起，上輩子鄭皇后有一段時間身體極為不好，屢次纏綿病榻，那時候凝貴妃藉此機會協理六宮，為四皇子爭奪皇位增添不少助力。

祁辰逸聽到這個判定，心裡只覺得氣血翻湧，他當然不會懷疑阮瀠的判斷，不過表面上還保持著冰冷的神色。

他心中惱怒著那些人，都已經將自己害成現在這個樣子，竟然不打算收手，還對母后下手！

鄭皇后也是驚訝之後，就接受了這個結論。只是她沒想到，這鳳藻宮她向來治理有方，一直自信宮裡沒有別人的暗樁，看來還是自己太大意了。

「是什麼毒？有什麼危害？母后現在的身子到底如何了？」祁辰逸壓抑著自己內心的惱怒，先問清楚這些重要的事情。

「一種慢性毒藥，叫『無傷』，並不會致命，只不過會讓人慢慢精神不濟直至纏綿病榻，倒是不會傷害人的性命，只不過身體一直會很差，此毒最大的特點就是隱秘，只會讓人覺得是身子虧空，絕對想不到是用藥的緣故。」阮瀠娓娓道來。

「母后中毒不過月餘，而且用藥的人十分謹慎，所以對身子的影響還不是特別大，只要服藥解毒，然後找出根由，就不會有什麼大礙。」

祁辰逸已經推測出這個毒是誰下手的。他雖然沒有阮瀠前世的記憶，但這種不致命的毒藥，讓母親日漸衰弱，纏綿病榻卻不會傷及性命，只會是凝貴妃與四皇子的手段。

凝貴妃出身始終不上檯面，即便母后不在了，她最受宣帝寵愛，也絕沒有可能成為繼后。

麗妃和惠妃就不一樣了，一個出身世家大族，一個出身武陵伯府，母后若是薨逝，他們為了兒子的地位勢必要爭一爭，到時候誰得利就不好說了。

只有讓母后沒有性命之憂，還沒有精力管這些事情，凝貴妃才能夠得到最大的利益；只要有鄭皇后在，麗妃和惠妃就沒有辦法更上一步，而她深受寵愛，又是貴妃之尊，到時候協理六宮沒有人能說什麼。

真是好手段！

祁辰逸想到的事情，鄭皇后自然也明白。

看樣子毀了逸兒還不夠，還想要拿她做筏子，為他兒子謀一片天地，凝貴妃真以為自己曾經做過的事情沒有人知曉？要不是凝貴妃還有制衡那兩方的作用，而且素來受寵，他們才不輕易動她！

前些日子凝貴妃因為腿傷沒有出來蹦躂，這是眼看著自己傷勢要好了，又想出來作妖？

「妳說找到根由？母后這毒應該不是服用的吧？」祁辰逸雖然惱怒，可是最關心母親中毒的事，眼下最重要的並不是如何懲罰凝貴妃，而是找到阮瀠所說的那個根由。

「嗯，『無傷』是一種透過呼吸就能夠吸收的毒藥。」阮瀠解釋道。

「這不應該呀！王妃，老奴日日與皇后娘娘相伴，若是透過呼吸能夠吸入，那老奴怎麼會沒有事情？」皇后身旁的宋嬤嬤倒不是質疑阮瀠的判斷，只不過她真的很疑惑，她一直陪著娘娘卻沒有這些症狀。

阮瀠上前去為宋嬤嬤診治，發現確實如她所說，她沒有中毒。

「我覺得那東西應該在母后的臥房之內……」

她懷疑是鄭皇后的寢具，宋嬤嬤再與皇后親近，總不會兩個人同榻而眠，那「無傷」也得日日接觸才有現在這樣的效果，那麼一切也就解釋得通了！

「那王妃快去看看！」宋嬤嬤焦急地說。她是鄭皇后的奶嬤嬤，看著鄭皇后長大，一直把鄭皇后視為最重要的人，聽到阮瀠這個分析，連忙就想帶著人去查探。

「不急，再打草驚蛇就不好了！」鄭皇后此時已經回過神來，阻止奶嬤嬤的關心則亂。

祁辰逸也贊同，將目光投向阮瀠。

「母后裝作頭暈要躺一躺，我和嬤嬤送您回房間……」阮瀠想了想，提議道。

「好，拜託瀠兒了！」鄭皇后點了點頭，起身就捂著頭。

宋嬤嬤恢復了平常的冷靜，狀似驚慌地叫道：「娘娘您怎麼了？」

之後祁辰逸趕忙讓人去請太醫，阮瀠和宋嬤嬤帶著皇后回寢殿。

此時阮瀠也喚松音出來，時間緊迫，松音比自己更為敏銳，她們要趕忙處理才是。

鄭皇后說看到人多，頭更暈，沒有讓別人進殿，阮瀠進來直奔床榻。

「娘親，那個玉枕有問題！」松音一進門就發現問題所在，急忙提醒。

阮瀠暗自點頭，走到床邊，拿起那個白玉枕，仔細探查，果然有一種獨特的味道，像是花香。

她以眼神示意鄭皇后和宋嬤嬤，然後繼續仔細檢查被褥等物，按照她的估計，這麼小的藥量，應該就是這玉枕有問題。

找到根由所在，眾人也就放心了。

這毒物並不難處理，在靈泉水中浸泡一天就能祛除毒素，可是為了不打草驚蛇還不能換，該怎麼拿走呢？

阮瀠走到鄭皇后面前，悄悄在她耳邊提議，鄭皇后聽了之後點了點頭。

太醫很快就到了，鄭皇后躺在床上，面色微微發白。

「娘娘，可是哪裡不舒服？」林太醫並不是平日為鄭皇后診脈的太醫，所以很是謹慎地問道。

「本宮頭暈，連枕都枕不了……」鄭皇后虛弱地說道。

最後這位林太醫也沒有看出什麼門道來，只說皇后娘娘是氣血兩虛，操勞過度，才會突發頭暈，開完藥方就走了。

皇后病了，正巧回宮的祁辰逸和阮瀠就順理成章地留在鳳藻宮為皇后侍疾了。

宣帝那邊也聽說皇后因為頭暈請了太醫，不過他此時正在劉鶯歌處，看著鮮嫩嬌美的新寵，怎麼有心思去看夫妻情薄的髮妻？所以只打發太監去關切，沒想要親自探望。

「皇上還是應該去看看娘娘的，否則宮裡還不傳開是妾綁住皇上，說妾太輕狂。」劉鶯歌嘟起紅潤的嘴唇，其實她盼著宣帝去看皇后，她正隱瞞著懷胎一事，實在沒有承寵的心思。

「又沒有什麼大事。老三回宮了，正好在皇后面前盡孝道，朕又不是太醫，去了也沒什麼用，還不如在這兒陪妳這個小東西！」

宣帝最近這些日子頗有些沈迷，這劉鶯歌不僅樣貌與年輕時候的凝貴妃相似，性情也是討人喜歡，宣帝在她身上不僅能夠得到新鮮感，有時候彷彿回到自己最好的年輕時代，所以他願意寵著她。

宣帝不來也合了祁辰逸他們的心思，眼下他們要抓緊時間解決玉枕上的毒，沒有心情接待宣帝。

「就是此物？」鄭皇后問道。

這玉枕是內務府送來的，她換上小半年了，定不是送來的時候就出問題，那就說明這鳳藻宮內有些人悄悄變了。

而能夠進皇后寢殿觸碰到這東西的人不多，都是自己信任的人……

鄭皇后此時也是有些失望。

「就是此物，那毒物應該是被提煉成液體，抹在這玉枕上，今夜就將這玉枕交給兒媳吧，兒媳荷包裡有能處理的物品，明日一早就可以消除。」阮瀠今晚打算將玉枕放進空間靈泉中，明日弄好之後，再換給鄭皇后使用，這樣神不知鬼不覺，沒有人會發現。「兒媳明日回府之後製作出解毒的藥丸，讓王爺悄悄遞進來，母后服用個十日就可以痊癒了。」阮瀠接著提出治療的方法。

鄭皇后與祁辰逸都點頭。

阮瀠的安排極為周到，鄭皇后經過這事也對自己的兒媳婦有一個新的了解，她的醫術看起來可不簡單。

眼下還有更重要的事情，鄭皇后沒有機會深究阮瀠的醫術，幾人還要商量接下來的對策。

「兒子會趕快讓人探查清楚！」

祁辰逸放下心來，阮瀠既然說有辦法，那就無須擔心，現在母后的身體沒有後顧之憂，那身邊的毒蛇也要早日找出來！

凝貴妃既然已經開始動手，他也不需要客氣，會好好回敬她的「用心」！

鄭皇后點了點頭，她知道兒子不想讓自己操心，所以想將事情攬過去。

「還有一事，母后不妨趁這個機會裝病，將宮權此時先交給惠妃與麗妃……」祁辰逸提出了一個建議。

鄭皇后有些疑惑兒子的安排，不過也沒有急著反對。

「凝貴妃想要協理六宮，卻受制於腿傷，這個時候母后交出權力，她自然是得不到，而她的焦點就會轉移到惠妃和麗妃身上；另外還有一件事，鶯貴人有身孕了，她們姑姪為了這個孩子估計難以保持現在的和睦，到時候後宮亂起來，母后自然可以避開，也省得還要費心，出力不討好！」

祁辰逸將自己的想法說明白，沒有說的是鶯貴人有孕的事，他打算在其中推波助瀾罷了！

鄭皇后聽兒子這麼說，很快就想清楚其中的關鍵，覺得這是個好主意，她是時候歇一歇了，也讓宣帝看看，這個後宮沒有她主理會亂成什麼樣子。

「逸兒說得很對，母后就趁著這個機會好好歇一歇，馬上要過新年了，終於不用操心了。」鄭皇后微笑著點了點頭。

坐著看戲，可不快活嘛！

商量好一切，祁辰逸不方便在寢殿中待太久，阮灤送他去偏殿。

因為璟王爺和璟王妃要留在鳳藻宮侍疾，所以宮人們將平時沒什麼人住的偏殿好好收拾出來。

將人送到，交代慶源好好照顧祁辰逸，阮瀠就回去了。

一進入寢殿，她就看到皇后身邊的四個大宮女在伺候主子就寢。

「辛苦瀠兒了，妳今晚就睡在碧紗櫥裡陪著本宮，這晚上有她們伺候就行了。」鄭皇后歪在床上，顯得很是難受。

「母后這麼說就太客氣了，這都是兒媳應該做的，太醫說您頭暈就不要枕玉枕了，平躺著應該會舒服一些。」阮瀠伸手將白玉枕拿起來，想要放在別處。

「璟王妃，奴婢來就好了！」一個大宮女知夏想要上來接手。

「本宮今晚也用不上這玉枕，妳今晚用吧，這是上等的暖玉，很是舒適！」鄭皇后開口。

知夏聽到主子吩咐，收回了手。

阮瀠無法肯定這個宮女有沒有古怪，點了點頭，將玉枕放在碧紗櫥裡面。

等著一切收拾妥當，阮瀠回到今晚入睡的地方。好在這裡床帳嚴實，完全能夠掩蓋她一會兒要做的事情。

雖然今夜她不能進空間，但是把玉枕放進去交給松音處理，也是完全沒有問題。

翌日清晨，阮瀠取回來的玉枕，外表沒有變化，但是已經完全無毒了，而且天才小松音還弄了同樣的香味來掩蓋事實！

用過早膳，祁辰逸去給宣帝請安，宣帝只是過問了鄭皇后的病況並沒有別的表示。祁辰逸早就對宣帝這個父皇沒有期待，禮數盡到了，也就算了。中毒的事情處理好了，祁辰逸夫妻也不能久留，今天就要出宮。

祁辰逸趁著這段時間已經將事情安排好了。

等他們夫妻出宮，宋嬤嬤去一趟聖乾宮，將宣帝請過去，說皇后有事相商。

鳳藻宮內，中藥的氣味還沒有完全消散，宣帝進門的時候，微微皺了一下眉，強忍著難聞的氣味進了皇后的寢殿。

「陛下恕罪，臣妾實在是頭暈目眩，就不起身給陛下見禮了。」鄭皇后斜靠在軟枕上，一臉蒼白。

宣帝擺了擺手，沒想到皇后真的病得挺嚴重，他雖然對這個髮妻沒有感情，但是兩人之間一直保持著相敬如賓，所以他不會這種時候刻意刁難。

「皇后好生躺著就是，不知道皇后有什麼事情想要和朕商量？」宣帝坐在鄭皇后的床邊，低頭凝視難得脆弱的髮妻。

「臣妾這身子不爭氣，說病就病了，眼看著就要過年了，還有很多事情需要操持，本來貴妃是好人選，奈何她還有傷在身，臣妾也不能耽誤她養傷，宮務繁雜，別再拖累了凝妹妹的身子。想著惠妃妹妹和麗妃妹妹兩人做事穩妥，臣妾想讓她們協理六宮事務，不知陛下意下如何？」鄭皇后提了交出宮權的事情。

看素來端莊賢慧、將後宮事務處理妥當的皇后主動放權，宣帝心想：皇后病情果真這麼嚴重了？

不過，也不是多大的事，凝貴妃身子嬌弱，現在還有傷，自然不適合操勞，而惠妃與麗妃確實出身名門，兩人合力，想來打理宮務也不在話下。

宣帝遂點點頭。「皇后的建議很好，朕自然應允。這宮務是皇后的職責，待皇后身子好了，再接手過來。」

「多謝陛下體恤！」鄭皇后微笑著點頭。

宣帝並沒有把這事放在心上，既然皇后管不了，妃妾幫著打理也是合情合理，又問了幾句皇后的病情，讓她好好休息，就以前朝事忙為由離開了。

第三十章

宣帝前腳剛離開，鄭皇后後腳就將惠妃和麗妃協理六宮事務的旨意傳下去。後宮之中，一時人人震動。

在佛堂的太后聽到這個消息，微微皺了皺眉頭，這皇后素來勤勉，如今放權難道真的是身子壞了？

惠妃接到旨意自然是驚喜萬分，不過因著皇后的病，她不敢表現自己的興奮，反而佯裝擔心皇后的身體，要去探望；麗妃則將那種喜意完全表露在臉上，宣旨的孟公公是皇后宮裡的大太監，看到她這個樣子，心裡暗暗地呸了一聲。

而宮裡聽到這個消息反應最大的就是凝貴妃。

她知道皇后身子不舒服，可是怎麼也想不到，皇后馬上就稱病不理宮務，然後越過自己將宮權交給惠妃與麗妃。

而且眾人都知曉，皇后娘娘是體恤凝貴妃身上有傷，才讓惠妃和麗妃代勞——她連去宣帝面前告狀都不能！

她特意讓下毒之人控制用量，就是希望皇后慢慢虛弱，等皇后真的不堪負荷要交出權力，自己的腿也該好了，怎麼也沒想到會是眼下這個狀況！

她現在都搞不清楚到底是辦事的人搞砸了，還是皇后難得矯情了。讓凝貴妃更為崩潰的是，剛得知皇后旨意不過半個時辰，安插在劉鶯歌身邊的人就來回稟，說劉鶯歌有喜了。

宣帝馬上要五十歲了，宮中已經多年沒有孩子出生，讓人已經忽略這個可能性。

「趕快傳四皇子到本宮這裡來！」凝貴妃此時心裡大亂，趕忙叫人傳兒子入宮，好商議眼前的事情。

等到祁辰炤急匆匆趕來的時候，看到的就是凝貴妃愁眉不展的臉。

「母妃這麼急著叫兒臣來，是因為惠妃和麗妃協理六宮的事情？」

眼下事實如此，再著急也無濟於事，好在母妃腿傷快要好了，到時候不是沒有轉圜的可能。

凝貴妃擺擺手，讓人都下去。

「並不是，本宮安插在鶯歌那邊的人來回報，說鶯歌懷孕了，而且她似乎刻意隱瞞這件事……」凝貴妃將剛剛得到的消息告訴祁辰炤，心裡的怒火卻是怎麼樣也壓制不住。

本想這個姪女性子柔軟，和他們又是一條船上的人，是個很好的幫手，沒想到她竟有別的心思。
「這怎麼會呢？表妹鶯歌？別不是有什麼誤會吧……」祁辰炤第一反應也是不敢置信。
「怎麼不會？本宮安插的人都觀察好幾天了，看著她藏著掖著，也是確定了才敢到本宮這裡回信。」凝貴妃沒好氣地說道。
「嗯，這樣的話，事情就複雜了，本來這個時候一個孩子出生倒不是什麼多大的事情，不說能不能生下來養大成人，就算生下來了，咱們這邊也該成事了……壞就壞在表妹竟然沒有告知咱們，很顯然是有了二心。」祁辰炤也不傻，很快就聯想到劉鶯歌的心思。
「哼，拎不清形勢的小賤人，也不看看自己是什麼東西，真以為現在一時得寵就是個人物了？妄想自己有個孩子就想要跟本宮叫板？未免太小看本宮的本事了。」凝貴妃自然也想明白了，劉鶯歌應該是想著若能生下兒子，在宮中就能站穩腳跟，不用看自己這個姑母的臉色，若是陛下能夠在位的時間更長一些，那孩子說不準日後會有大造化呢！
想得美！
她可是連皇后所生的嫡子都給廢了，現在苟延殘喘地活在世上。就憑劉鶯歌也敢有妄想？

「母妃說得是，原本若是她得知自己有孕就來告訴咱們，咱們也會想辦法護著這個孩子，到時候沒準兒也是兒子的助力，既然表妹不相信咱們，甚至還有著自己的小心思，咱們也不用顧忌這血肉親情了，別再養虎為患才是。」祁辰炤深覺母親的話有道理，他素來就是個心狠的人，既然劉鶯歌不能夠為他們母子所用，那麼他們就不需要留情。

有些人不折了他的翅膀，總是以為自己能夠一飛沖天。

凝貴妃點了點頭，她也是這麼想，劉鶯歌這個孩子無論如何都不能留，萬一得了陛下的青眼，很可能會威脅到他們母子今時今日的地位。

況且劉家現在的家主是自己的兄長，也是劉鶯歌的父親，到底親疏不同，萬一劉家糊塗，轉而支持那個小的，自己可就更孤立無援了。

可是，她不能自己動手，畢竟撕破臉皮可就不好看了。

「這件事辦是要辦的，可是不能髒了咱們自己的手，現在皇后不是稱病不理後宮的事情嗎？那本宮就給她來個一石二鳥。」凝貴妃轉念就想到一個好主意。

「母妃的意思是……乘機奪回本來屬於咱們的宮權？」母子兩個彷彿心有靈犀地打著啞謎。

凝貴妃嘴角勾起一抹詭異的笑容，她劉雨凝能夠在家世不顯的情況下，這麼多年盛寵如斯，可不僅僅是靠著自己這張臉。

而此時被人發現有孕的劉鶯歌還在幻想著自己今後的好日子呢！

這邊出了宮的祁辰逸與阮瀠，回到王府。

王府依然如故，姚嬤嬤、管家帶著幾個有身分的下人在門口等著迎接自己的主子歸來。

迎春已經成婚去外地，姚嬤嬤走出前些日子的心傷，恢復了曾經的精練能幹。

祁辰逸回府之後，先將阮瀠送回正院，自己則回前院處理一些事情。

他離開之前交代管家好好查一查王府中的下人，他腿傷後曾經不在乎這個王府之中有誰的奸細。現在情況不一樣了，阮瀠已經是他的王妃，兩個人以後要長久生活在這裡，他可不希望因為自己的疏忽，害了阮瀠還有未來的子嗣。加之自己的腿疾即將恢復，更要認真對待身邊的事物，他可不想像這次母后這樣，一時不察就中了別人的算計。

要不是這次兩人恰巧回宮，阮瀠的醫術又委實高超，很有可能就中了別人的計謀，造成無法挽回的後果。

一想到這裡，祁辰逸就對自己現在手中的權力不滿意。生在皇家，他從小就知道只有自己足夠強大，才能夠保護摯愛的人和事。

前些日子因為腿疾，他失去鬥志，沒有好好經營自己的力量，甚至讓人一次次算計到他和親人身上，最近他重新振作起來，第一步就是要掃除自己身邊的隱患，絕不讓意外這種事情再次發生。

「可都查明白了？」祁辰逸進了書房，就開始問大管家的進展。

「回稟主子，都已經查明了，其中四皇子那裡的眼線最多，其他皇子府上也都有些人手，還有陛下……」管家簡單地將事情交代了一下，由於這些人涉及各方勢力，所起的作用也不一樣，一時之間處理起來不是那麼容易。

祁辰逸早就想到這個可能，所以沒有什麼意外的情緒。眼下他的腿還沒有全好，他也不想動靜太大打草驚蛇，所以只吩咐管家將其中幾個處理了，其餘的也安排人手好好盯著。

而阮瀠這邊，回到自己的臥房之後，就讓親信之人守住房門，她悄悄地進了空間。

這些日子她和祁辰逸朝夕相處，回到空間大多時候也都用來休息和補充體力，好久沒有好好陪伴松音了。

進了空間，還是那副世外桃源的美好樣子，讓人能夠忘卻一時的煩惱，好好享受自然的美好。

「娘親！」松音感覺到阮瀠進來，高興地跑出來撲到她懷中。

阮瀠十分高興看到松音這個機靈的樣子。

母女兩人玩鬧了一會兒，阮瀠又去替鄭皇后配製解毒的藥丸，直到時間不早才出了空間。

她感覺出松音的情況正在好轉，想來過不了太長的時間，松音就能夠完全恢復，然後再次投生成自己的孩子了。

為此，她既喜悅又不捨。喜悅的是，松音能夠實實在在生活在這個世界上，有她、祁辰逸還有很多人的疼愛，不用總一個人待在空間之中，困於方寸之間；不捨的是，松音投生之後應該會忘卻前塵往事，她不會再是古靈精怪的小醫仙了。

不過，無論如何，她還是期待這個孩子重新回到自己和祁辰逸的身邊，接續前世他們之間的緣分。

想一想她最近實在是太感性了，明明還是好久之後的事情，她竟然開始多愁善感起來。

拿著藥丸，阮瀠去前院找祁辰逸。這解藥還是早日給皇后服下，這樣他們也比較放心。

來到前院，祁辰逸剛剛和大管家商談完京中之事，除了幾個皇弟這段時間的所作所為，還有孟修言的異狀引起他的注意。

聽管家說這些日子孟修言彷彿換了個人，不再注重自己的前程，反而頻頻出現在外頭的一間小院子；當初為陳楚兒置辦的那間院子，現在住進去了一個女子。

曾經祁辰逸只是心疼自家小王妃，阮家長輩糊塗竟然給她定下這樣的人家，現在看來，自家小王妃算是命好，早早擺脫這樣的人家，才能夠遇到他這樣的良人。

看到阮瀠來到，管家識趣地退下。

阮瀠將解藥交給祁辰逸，祁辰逸也知道事情輕重，趕忙安排人將解藥送進宮。

隨著鄭皇后開始服用解藥之後，前段時間身上的不適症狀正在逐漸消失，人也變得有精神。不過為了能夠繼續躲懶，她每天要多撲粉來掩蓋自己的好氣色。

她在心中感嘆阮瀠醫術之好，因為這段時間太醫院院正替她請過平安脈，絲毫沒有發現她中毒的事情。

「娘娘，您說璟王妃醫術如此了得，王爺的腿疾是不是……」宋嬤嬤是整個解毒事件的知情者，看著璟王妃的醫術好，不由得動了別的心思。

「本宮也想過這件事情，瀠兒一看就是對逸兒十分上心，有些事情如果可為，不用我們提及，他們這一次出京這麼久，想來也不是簡單的出行。」鄭皇后心思素來聰慧，也想到那件事情的可能。

無論是什麼情況，兒子有自己的判斷，她也無須操心太多。而且，現在京中形勢實在過於複雜，若真的有那種可能性，她更是不能探查，現在她這個鳳藻宮可是有著不知名的奸細，行事更是要小心謹慎才是。

宋嬤嬤點頭。主子已經不是當年受她照料的小女孩了，這些年作為大雍朝的皇后，主子已經是一個極有眼界的女子，遠非自己可以比擬。既然主子這麼說，她也不要輕舉妄動，萬一壞了什麼事情，就是壞了這一輩子的主僕情分。

「這些日子惠妃和麗妃管著後宮的事情，本宮也算是難得清閒了。想想本宮以往是不是太愛操心了些？」

這人壓抑久了，一旦放鬆，可真有些樂不思蜀。

「皇后娘娘選的人還真是合適，兩位娘娘雖然都有各自的小心思，卻是相互制衡著，也不知道怎麼回事，以往兩位娘娘的關係還算過得去，現在彷彿在較勁一樣，倒是沒有出什麼岔子。」宋嬤嬤想起兩位娘娘一起處理宮務的樣子還覺得有些有趣。

「這倒是正常，她們的孩子都大了，而且家世上還勢均力敵，只不過兩人的性子南轅北轍，也是絕妙。」鄭皇后接過宋嬤嬤遞來的零嘴，含在嘴裡，微微笑道。

「不過這都是表面罷了，兩位娘娘也藉著這個機會打通不少關係。您瞧著吧，等過完年，兩位皇子的婚事應該就有眉目了。」宋嬤嬤想起了這事，還是要提醒自己的主子。

鄭皇后點點頭。這是遲早會發生的事情，倒是不要緊。

「還有，老奴聽說，那時候七皇子納進宮裡的那個侍妾，日子過得很不如意呢！惠妃娘娘記恨著因她毀了湯家的婚事，這次趁著執掌御膳房的事物，連那位的吃食都苛扣了，也不顧著自己在外面的形象，可見是有多怨念呢！」宋嬤嬤將自己最近聽來的八卦說了出來。

「哦？竟然有這樣的事？惠妃這做法也屬實不大氣，人都做主納進宮，何必和這樣的人置氣？老七不是很喜歡那女子，也不管一管嗎？」鄭皇后也聽說過當時七皇子意亂情迷，為了那個侍妾和惠妃頂嘴。

「男人嘛，總是喜新厭舊，得到了自然就慢慢不當回事，而且七皇子現在的心思主要還是用在爭奪那個位置，哪有心思關心這些小事。」宋嬤嬤撇撇嘴，這七皇子母子表面上看起來最賢慧，素來面子功夫做得極好，背地裡卻最是愛記仇。

了。

鄭皇后心想，也是，不過這些事在後宮這個地方太平常了，她實在不方便插手就是了。

此時被鄭皇后主僕兩人提起的孔雙兒卻窩在自己的小廂房，寒冷的天氣，屋中的氣溫卻不比外面暖和多少。

身邊根本沒有人關心她，本來跟在她身邊的忠心小丫鬟沒有跟進宮來，現在伺候的人都是惠妃那邊撥過來的，她們的存在就是為了折磨自己。

她現在的日子還不如當時在樓子裡快活，至少不用為了溫飽而去委曲求全，而那個曾經海誓山盟的男人，也早就失去對她的新鮮感。

孔雙兒自從小產之後，身子變得極為不好，可她素來就是個倔強的人，生命力也極為頑強，她隱隱記得前些日子七皇子酒醉之後念叨的話，知道自己不是沒有上位的機會。

英國公府？璟王妃的娘家？

她不由得想起，曾經遠遠地看過那個風華絕代的貴女，流轉的目光是那樣平和和清澈。她直覺，那個女子應該能夠成為自己的救贖。

要不要抓住這個機會呢？要過新年了，璟王妃應該會進宮才是。

反正她已經是一個無依無靠的人了，何不自己努力一番？

這個時候的阮瀠確實在為幾日之後的年宴做準備，包含那天要穿的衣裳、要戴的首飾、要送的年禮，都是要費心打理。

她雖然前世在孟府沒有什麼機會接觸這些事情，但是後來在王府裡耳濡目染，再加上有薛嬤嬤和姚嬤嬤幫忙，處理起來也是得心應手。

等到了夜裡，祁辰逸回房之後，阮瀠突然想起這段時間已經沒有再關注渣爹的消息了，也不知雲城那邊現在是什麼狀況？

祁辰逸正好要和阮瀠商量這件事，沒想到她竟然先提起了。

阮瀠當初安排的人畢竟不是專業的探子，自從祁辰逸的人接手之後，她就將人手撤回來。

「妳父親就要回京了。」

阮瀠有些驚訝，渣爹這離家出走也未免太短暫了吧？他一開始不是打算帶著蘭姨娘遠走天涯嗎？

祁辰逸看著阮瀠驚訝的樣子，接著解釋了下前因後果。

「蘭姨娘已經和老五那邊達成協議，若是妳父親一直在外流落，也是起不了什麼大作用，而且蘭姨娘迫切地想要回來看自己的一雙兒女，這才借助老五那邊的人的手段……」

「應該是他沒有錢了吧？」阮瀠翻了個白眼。這個父親從小錦衣玉食，這麼快就放棄了，應該是當初的錢揮霍一空了。

祁辰逸點了點頭。「他本來想和別人合夥做生意，卻被人設局給騙了，所以現在手邊沒有銀子，又有蘭姨娘在一旁細心勸解，自然就有了回家的心思。」

「哼，也是，他可不是要面子的人，肯定是知道祖父既沒有剝奪他世子的封號，也沒有將他離家的消息傳播出去，覺得自己還是有地位吧？」阮瀠輕輕嘲諷。

「有這方面原因，讓他最為心動的還是……」祁辰逸抬眼看了看阮瀠的神色，接著吐露出一個更加驚人的消息。

「蘭姨娘又有了身孕，妳父親覺得這是一個讓蘭姨娘重新回到英國公府的好機會，所以……」

阮瀠自然被這個消息震驚了一下。

「孩子不是妳父親的，是五皇子那邊的人，現在他們兩邊聯繫得更為緊密了，只有妳父親還傻傻高興著。」

祁辰逸接下來的話更是震驚了阮瀠，這蘭姨娘越發是個人物了。

「證據收集齊全嗎？」阮瀠不多一會兒就平靜下來，她早就知道這些人的陰謀，只不過手段著實讓人噁心。

自己那個渣爹為了這個女人付出那麼多，沒想到卻遭受背叛，若是知道真相一定會很傷心。

祁辰逸點了點頭。他打算藉這個機會，放任他們回來，在眼皮子底下看著，才能夠真正掌控一切。

等老五和老七真正動手的時候，也好一網打盡！

「咱們就等著吧！只不過這次肚裡的孩子和阮清之間，蘭姨娘會選擇誰，真是讓人有些期待。」阮瀠緩緩開口，夫妻兩人的想法竟然不謀而合。

祁辰逸贊同，不過一想到這些人傷害過自家王妃，便決定讓阮寧華回京的時候吃些苦頭，總不能讓他們那麼自在。

這樣也算是幫助他們，只有弄得越淒慘，英國公那一關才越好過，不是嗎？

阮瀠可不知道身邊的夫君越來越腹黑了，對自己這個岳父是一點也沒有手軟的意思。

「他們想要回來也不是不行，不過我可不想看這些人年前回來，讓大家都不消停。」

阮灤接受了渣爹回歸的消息，不過並不想年前再看到這些人，這一年發生太多的事情，她想要畫上一個完美的句號。

第三十一章

轉眼就到了新年這一天。

祁辰逸和阮瀠早早起床，趕到宮裡。

宣帝帶著皇子們祭拜祖宗，鄭皇后與後宮有品級的妃子們也出席參與。天氣寒涼，即便如此，阮瀠的內心也是有些波動，一眾皇家人、後宮妃嬪還有宗室宗親穿著各自品級的朝服，在一起祭拜列祖列宗，場面十分壯觀。

阮瀠第一次參加這種儀式，內心也有一種歸屬感，今生她是所有人承認的璟王妃，是能夠堂堂正正站在祁辰逸身邊的女子，這份理所當然是她前世想都不敢想的。

松音自然不會錯過這一盛典，作為一個小醫仙，她有幸在天宮觀摩過類似的儀式，可是人間這種儀式更為繁雜，而且氣勢與天宮的清冷不同，透著一股別樣的肅穆和熱鬧。

忽地，她感覺到一眾渾厚的龍氣撲面而來。

松音本來還在與阮瀠分享著自己這時候的感受，嘰嘰喳喳好不熱鬧，突然清脆的聲音戛然而止。

「松音，怎麼了？」阮瀠有些擔心，她不知道松音怎麼好端端的不說話了。

沒有聲音回應，阮瀠不自覺變了臉色。

正當她準備用意念進空間的時候，松音才出聲，聲音中也有著一絲絲的怔忪。

「娘親，別擔心，我沒事。」

阮瀠還是不放心，問她剛才發生了什麼。

「是好事，剛剛我感覺到豐沛的龍氣蔓延到周圍，我吸收了一些，現在我的功力不僅恢復到八成，而且整個氣都轉換成龍氣，對我來說可是一個大機緣。」

松音沒有想到只是湊熱鬧來參加儀式，竟然能夠得到這樣的好處，不僅恢復修為一大半，將來投生之後氣運也絕對鼎盛。

阮瀠聽到松音這麼說，總算放下心來，雖然她不了解吸收龍氣代表什麼，不過松音說是好事，而且修為恢復八成，她是真心感到高興。

想來也是這輩子松音投胎為皇家貴女，才能夠有這樣的機遇吧！

母女倆分享著這一份喜悅，完全不同於其他人心中的苦不堪言。

每年這個時候，宗室眾人都是滿心苦楚，在這麼冷的天氣做著各種禮儀，對於這些養尊處優的皇室來說，可真是一份苦差事。

儀式進行將近一個時辰，才終於結束。

鄭皇后表面上正病著，所以這一活動結束，沒有像往年一樣帶宗室命婦去陽原宮那邊，出席午宴和晚宴。

既然宮務交給惠妃和麗妃，鄭皇后就帶著阮瀠先回鳳藻宮，這婆婆帶著兒媳婦伺候自己，誰也挑不出錯處。

阮瀠樂得自在，一想到那些人要穿著厚重的朝服一直坐到晚上開宴，想想都覺得可怕。

好在祖母年紀大了，早就不參加這種祭祀，只等著晚上進宮來參加晚宴就可以了；母親因為顯懷月份大了，留在家中；璟王爺作為皇子，身子又是那樣，自然不受束縛，肯定有妥帖的地方安置，所以阮瀠沒有什麼可擔心的。

伴著鄭皇后一路走回去，她們都沒有乘坐轎攆。

宋嬤嬤和薛嬤嬤跟在身邊，其他人遠遠地在後頭。

「好孩子，多虧了妳那藥，現在母后感覺身子健朗了幾分。」鄭皇后拍了拍阮瀠的手，慈愛地說道。

「母后客氣了，這都是媳婦應該做的。我最近準備了一些補身子的藥，還有一些食療方子，一會兒給宋嬤嬤，母后肯定會越來越健康。」

由於受到上輩子影響，阮瀠十分關注鄭皇后的身體，打算幫她滋補一番。

那些補藥和方子，她早就給祖父、祖母和母親使用，效果自是不必說。

「這陣子不用管著宮務，本宮覺得時間都過得快一些，若是能夠一直有個穩妥的人幫著，也是一件好事。」鄭皇后一邊走一邊感嘆著，想一想今晚可能發生的事情，到時候可能又要接過那攤子事情，心裡還是有些不情願。

可是管理後宮本來就是一個皇后的分內之事，而且為了自己的兒子和媳婦，甚至還有自己的母家，她都不能夠推脫這份責任。

阮瀠聽出鄭皇后話語中的遺憾，也知道作為一個皇后掌管著這樣一個龐大的後宮，各個妃子都不是省油的燈，確實夠心累。

她不由得想到，若是有朝一日幫助祁辰逸報了仇，祁辰逸當上九五至尊，自己是不是能夠勝任皇后這個位置？要她去掌管著那群女人，她是做不到像鄭皇后這樣的氣度……

一想到那種可能性，阮瀠心中感覺有些憋悶，剛重生回來的時候，她還想著當側妃也好，只要能夠陪伴在祁辰逸身邊就是自己的福氣，哪想到老天不僅實現了她的願望，她還成為祁辰逸的王妃。

現在光是想像，她就不能容忍祁辰逸滿後宮的女人……

「瀠兒，妳說本宮是不是太貪心了？」鄭皇后隨口問了一句，就發現兒媳婦彷彿沒有聽到自己的話，神遊天外了。

「母后……」阮瀠有一點尷尬，她最近想像力越來越豐富了，竟然為了很久以後的事情苦惱。

未來會發生什麼事情根本沒有辦法預料，何必自尋煩惱呢？

鄭皇后笑了笑，沒有介意。

阮瀠雖然已經成為兒子的王妃，到底還年輕，心思跳脫一點也是正常。

「還有一件事，妳是第一年參加新年的宮宴，到時候可要萬分謹慎，雖然逸兒現在這個樣子，別人的焦點不在妳身上，也是要小心別被人算計了，尤其今年的宮宴還是那兩位準備的，入口的東西也要留心。」鄭皇后轉而說起今晚宮宴的事情。

阮瀠乖巧地點點頭，她自然知道要防備。

「本宮身邊那個奸細，逸兒已經查出來了，本宮也想藉著今天將人徹底清除，妳到時候不用慌，一切就看母后的。」

一路上鄭皇后費心教導著這個兒媳婦，越看越是喜愛，若是自己有這樣一個女兒就好了。

一行人終於回到鳳藻宮，鄭皇后到寢殿換衣裳，接著好好休息一番。晚上的宮宴十分漫長，鄭皇后雖然恢復了健康，到底這個年歲了，也得好好儲備體力。

阮瀠也去偏殿那邊換衣裳，卸下厚重的朝服。

哪知道剛換完衣衫，薛嬤嬤就帶了一張紙條回來，上面只說約璟王妃午時在御花園的暖閣相見，落款是七皇子的侍妾孔氏。

阮瀠倒是知道這個人，委實是當初七皇子退婚鬧得人盡皆知，可她實在沒有想明白，這個孔氏約她相見是為了什麼事情。

「誰送信過來的？」阮瀠看完紙條，將其放在火盆裡燃了，才問薛嬤嬤。

「是鳳藻宮一個灑掃的宮女，倒是沒有說什麼別的，王妃怎麼看？」薛嬤嬤沒想到是這樣的事情，一下子也不知道要怎麼辦才好。

「王爺一會兒過來用午膳，到時候還有些時間，我和王爺商量商量，倒不必驚動旁人。」阮瀠想了想，直覺這件事情應該不是什麼陰謀，可是她實在難以猜測對方的意圖，所以一會兒要和祁辰逸商量。

等到用過午膳，偏殿只剩下兩夫妻的時候，阮瀠將這件事情說了。

祁辰逸有些驚訝地挑起眉頭，他沒有想到會有這樣的人找上來。

「雖然不知道她為何找上妳，不過我倒是知道一些她現在的狀況，她一直被惠妃針對，日子過得很淒慘……」祁辰逸想起這個女人現在的境遇和自己也有一點關係，不過以惠妃母子的為人方式，就算沒有自己當初推波助瀾，結果也不會有什麼改變就是了。

「嗯，那這樣的話，臣妾還是想要見一見。不知道為什麼，我內心就是有種感覺，她應該不是要謀算我……」阮瀠聽到祁辰逸的話，沈吟了一下，說出自己的決定。

她倒是不怕有什麼陰謀，畢竟有松音還有這空間，總不會吃虧了。

祁辰逸看到阮瀠的決定，也表示支持，只不過他派一個暗衛跟著，想來那個女子也翻不出什麼浪花來。

到了午時，孔雙兒早早等在御花園的暖閣之中。

她不確定璟王妃看到紙條，會不會相信自己，會不會來赴約……

在這個暖閣中，她心中焦急，這是自己唯一的機會了！

趁著今天是新年，需要忙的事情很多，惠妃將人手都調去幫忙，孔雙兒才有機會利用自己僅有的關係，請人去鳳藻宮送信。

況且這個時候陽原宮那邊午宴正要開始，惠妃想必繁忙，根本顧不上她這邊，這對孔雙兒來說無疑是天賜良機。

握緊手中的帕子，她忍不住踱步，竟然覺得每一刻都是那麼難熬。

「吱呀」一聲，門開了，外頭的日光射進這個昏暗的暖閣當中。

逆著光，就見一位身穿湖藍色衣裙、披著狐皮大氅的女子站在門口。

桃花眸，芙蓉面，櫻桃唇，眉眼之間清麗如畫，渾身上下流露出一種讓人溫暖的氣質，正是孔雙兒心心念念盼望的人。

「見過璟王妃。」孔雙兒真的見到來人，諾諾請安。

在這個女子面前，她不免有些自慚形穢，她曾經是那樣的身分，現在又是過得連條狗都不如……

阮瀠早早就和松音溝通過了，這個暖閣之中和女子身上並沒有什麼害人藥物，暗衛也探查過了，周圍並沒有什麼可疑人物。

阮瀠點了點頭，讓薛嬤嬤守在門外，自己進門之後，掩上了門。

剛剛見到這個孔雙兒，看著她彷彿看到救贖一般的眼神，阮瀠心裡大概有數了，這個女子不是要算計她。

想到自己前世也曾經跌倒在泥潭裡，是祁辰逸將自己救回來，而今看著女子那種求生的眼神，阮瀠不由得動了惻隱之心。

「妳就是孔氏？找本王妃來可是有什麼事情？」阮瀠輕聲問道。

「王妃，小女子冒昧找您來……是因為，我曾經不小心聽到七皇子的醉言，他想要藉著武陵伯府世子的侍妾，做出一些危害英國公府的事情。」

來之前，孔雙兒明明想好了千萬種說詞，怎樣欲擒故縱，怎樣步步引誘和阮瀠達成合作，怎樣為自己爭取最大的利益，可是面對阮瀠，她也不知道為何，不自覺那些小心思都收了起來，如實將自己知道的事情都交代出來。

阮瀠沒想到這個孔雙兒竟然如此直接，將自己的底牌就這樣亮出來。雖然她和祁辰逸早就知道七皇子一黨的打算，甚至連五皇子的陰謀都掌握得清清楚楚，可是這個不起眼的女子如今這一番話，莫名觸動她心中的一根弦。

也許這個女子並不能為她提供特別重要的幫助，甚至她得到的消息還沒有自己知道的多，可是阮瀠看著這個有些瘦削的女子，看著她曾經應該還算不錯的容顏，還有那雙還沒有放棄最後一點希望的眼神，她決定幫幫她。

「妳有什麼事情需要本王妃幫忙？」既然孔雙兒這麼直接，阮瀠也沒有繞彎子，直接問道。

脫口說出一番話的孔雙兒，本以為她失去了自己的籌碼，注定得不到什麼救贖了，卻沒想到，峰迴路轉，竟然聽到那個彷彿天籟的聲音。

「王妃願意幫我？」孔雙兒抬起一雙變得明亮的眸子，注視著阮瀠。

阮瀠看到這樣的孔雙兒，明白她內心的惶惑，肯定地點了點頭。

為什麼不呢？每個人都有為自己拚搏一下的權利。

孔雙兒激動得不知道說什麼好，她其實也不是很清楚自己需要什麼幫助，她根本沒有規劃未來的路。離開皇宮並不現實，擺脫現在的現狀也很難，畢竟她時時在惠妃的掌控之中……

那麼，她能得到什麼幫助？

阮瀠看著孔雙兒困惑的樣子，開口道：「本妃來之前了解過妳的情況，我先給妳一些銀子，這樣妳基本的生活就能改善一些。」

「接下來，妳就留在七皇子身邊看能夠得到什麼消息，若是妳真的能夠提供有利的消息，我可以幫妳想個辦法離開皇宮，甚至京城，到時候也會給妳足夠生活的銀子。當然，如果什麼消息也得不到，本王妃現在給妳的銀子也不會收回。妳未來的命運掌握在自己手裡，該怎麼做，妳自己決定吧！」

孔雙兒聽了這番話，沒有猶豫地點頭如搗蒜。

璟王妃的提議既解決了她現在生活的困境，又給她未來注入了希望，她從來都不敢想有朝一日能離開皇宮，離開那個沒有心的男人，離開這些害她一生的人，一想到這些，她就對未來充滿希望。

果然，她的感覺沒有錯，璟王妃果然是自己的救星！

她在心中暗暗發誓，就憑璟王妃今天這番話，她一定會努力實現自己的價值。

阮瀠看她同意了，掏出一沓銀票，足足一萬兩，還有一些散碎的銀子。這些金錢對於現在的她來說根本不算什麼，即便這個孔雙兒拿錢做不出什麼貢獻，阮瀠也覺得無妨。

孔雙兒接過這些，心中震驚，璟王妃竟然如此大方，這何止會改善她的生活狀況，有了這些錢，她可是能做更多事情。

「把這些藏好了。若是妳碰到什麼解決不了的問題，也可以去皇后宮裡的宋嬤嬤傳信，我會想辦法幫妳的。」阮瀠囑咐道。

孔雙兒捧著這些東西，跪了下來。「謝謝王妃再造之恩，小女子孔雙兒在此發誓，今生認您為主。」

孔雙兒實在不知道如何報答阮瀠的幫助，她心裡清楚，阮瀠絕對不僅僅是看上自己的利用價值，才給她這麼多銀子！

阮瀠看她這樣，沒有多說什麼。她之所以給這麼多錢，主要還是這個女人不服輸的眼神深深觸動了她，只希望她別看走眼，養出白眼狼就好。

事情都交代完了，阮瀠想要離開，臨走的時候，她輕輕問了一句。「對了，剛才忘了問，妳為什麼想要來求助我？就因為妳聽到七皇子的醉話？」

孔雙兒聽到這個問題，沒有猶豫地說出自己的真實想法。

「小女子就是直覺……覺得您會是我的救贖！」

阮瀠得到答覆之後，打開門先行離開了。

門外的薛嬤嬤神色平靜，暗衛那裡也打了手勢，一切正常，周圍沒有出現什麼人。

不得不說，這個孔雙兒是個有腦子的人，竟然選了這樣一個適合談話的地方。

阮瀠想起她全程自稱小女子，沒有自稱為妾，想必是真的不認同七皇子女人的這個身分了。

阮瀠勾了勾嘴角，心裡想著，能夠為了自己命運掙扎的女子最可敬。

她此行出來並沒有浪費多長時間，回去也就不到半個時辰。

祁辰逸還在偏殿候著，看到安全回來、神色平靜的阮瀠，也放下了一顆心。

明明一切安排妥當，他還是止不住擔心，甚至有些後悔讓阮瀠去見那個女子。即便知道沒有什麼風險，他還是不喜歡阮瀠冒一丁點的風險。

不知道從什麼時候開始，阮瀠在他心中已經如此重要，甚至超過了他自己！

阮瀠回來看到祁辰逸的神情，領會到他的擔心，四目相對，有無盡的情愫在兩個人之間蔓延。

此時空氣中，彷彿充斥著某種甜蜜、將其他人排斥在外的氛圍……

「哎呀，受不了了，爹爹和娘親能不能不要這麼黏，不是有正事要說嗎？」松音最先受不了這種氣氛，她都有些擔心不久的將來，就算自己出生，會不會一點地位和存在感也沒有。

阮灐想起此時所在何處，一時之間竟然有些羞赧。

整理好心情，阮灐將會面的事情和祁辰逸說了，他依然不反對阮灐的決定。

他從不小看任何一個人的力量，也許一時的善意真的能夠收穫意想不到的結果。

最關鍵的是，阮灐說得沒有錯，這些投入對他們來說根本不算什麼，那女子的求生慾，著實是最打動人的東西。

商量完這個小插曲，兩人準備好好休息一下，今晚上會發生什麼事情，他們最清楚不過，所以養足精神也是至關重要。

阮灐推著輪椅將祁辰逸送到榻前，輔助他上榻。

現在他雙腿已有知覺，能夠自己使上力氣了。

第三十二章

晚宴開始的時候，外面大雪紛紛。洋洋灑灑的雪花飄落，將整座皇宮蓋上一層白色的毯子。人走在上面留下一串串的腳印，襯著隨處可見的大紅燈籠，顯得格外美好。

阮瀠伴著鄭皇后一起乘坐著軟轎奔著陽原宮而去。遠遠地看到那琉璃瓦的房頂，透著紅色光暈的宮道，也是一番盛景的模樣。

鄭皇后和阮瀠到達的時候，宣帝還沒有來。皇太后也不在，自從先帝過世之後，每到新年皇太后都會去皇陵行宮那邊。

眾人一見皇后駕到，均起身行禮，伴在一旁的阮瀠趕忙避讓一邊。

皇后邁上象徵權力的臺階，停在龍椅下首的一桌。阮瀠則是坐在皇室宗親女眷的那桌；這種時候男賓女賓都是分開來坐，距離英國公夫人倒是不遠。

兩人交會了目光，阮瀠找到自己的位置，和年長的宗親行晚輩禮，就坐下了。

如今皇室宗親中剩餘的嫡脈已經不多，女眷自然更少，巧的是阮瀠竟然和盛陽郡主同桌。

倒是一種奇妙的「緣分」。

果然，阮灤走過去的時候，周依依的目光就像是毒蛇一般陰鬱地投向她。

阮灤心中也是納悶，這個盛陽郡主和阮清有所接觸，甚至想要算計她，可是她實在不太明白，郡主的出發點是什麼？

兩人唯一的交集就是孟修言，她曾經與孟家有過婚約，而盛陽郡主後來嫁入孟家。

可是那大多是自己與孟家的糾葛，與周依依這個後者可以說是毫不相干，何以她就記恨至此？

今日一見，她那毫不掩飾的惡意目光，讓阮灤正視了這個潛在的威脅。

雖然是第一次見這個盛陽郡主，但這個女人是她絕不會喜歡的類型；面貌普通的臉，最為突出的是一雙滿含魅惑的雙眼，那裡盛滿慾望，是一看就讓人不喜歡的女子。

想起前世這個郡主出名的風流韻事，阮灤只覺得一陣反感。

既然這人對她如此惡意，還有意與阮清合作，那麼就是真正的敵人了。

此時也是周依依第一次近距離看這位京城第一美人璟王妃，果然是傾國傾城，即使十分厭惡她，也不得不說她那張臉天生就是讓男人喜歡，怪不得孟修言戀戀不捨、念念不忘的。

周依依在心中冷哼，越發看不慣，她如果有這樣一張臉，絕對會好好享受這面容為自己帶來的好處，可不會先定了孟修言這個愚孝的，後來又嫁給祁辰逸這個瘸腿的。

因為兩個人的氣氛實在是不對盤，其他人都顯得十分尷尬。

微月公主看到自己女兒挑釁的樣子，在桌下暗暗拉著她的袖子。

此時在上面，鄭皇后和幾位高位妃嬪，雖然面上都帶著完美的笑，話中也是針鋒相對。

好在這個時候外面傳來唱喝。「皇上駕到！」

眾人又一次起身，跪拜下去，口中山呼萬歲。

往往這個時候，帝后應該一同出席，可是宣帝和鄭皇后關係不鹹不淡，宣帝好些年不給這個正妻體面了，又沒有別的妃子身分夠，所以這些年都是他自己最後壓軸出現，體會這種眾人朝拜的盛景。

宣帝坐上自己的龍椅之後才大笑著叫起。

眾人起身，早就已經掩蓋剛剛的暗潮洶湧，呈現的都是滿面喜氣，笑容分外和樂。

宣帝首先總結了這一年的太平盛景，展望來年風調雨順和國泰民安，就正式宣佈晚宴開始。各種冷盤和大菜紛紛端上桌，歌舞昇平，觥籌交錯，頓時一片熱鬧。

仕女們穿著顏色鮮亮的裙裳展示曼妙的舞姿，各種樂曲交織出美妙的音律，阮瀠卻有一種氣悶的感覺，滿桌女眷各種脂粉的香氣交錯在一起，味道簡直要讓人窒息。

阮灤看著上首坐在眾位妃嬪之中的宣帝，心裡有些佩服。

來參加晚宴之前，她早就在鳳藻宮吃了不少的點心、果子，此時對於那些已經冷掉的菜餚更是沒有興趣，便起身走向著殿外，打算去更衣。

緊接著周依依跟了上來，可是兩個人素來沒有交集，現在路上宮人來來往往的，阮灤也不怕她使什麼花招。

「璟王妃留步，想來妳也是要去那邊更衣，一起過去可好？」果然，周依依慢慢追上來，叫住了阮灤。

沒想到盛陽郡主這麼難纏，心思不純也就罷了，這種時候還要硬湊過來，也不知道她自己究竟是如何得罪這位刁蠻郡主，竟然有點陰魂不散的感覺。

阮灤轉身看著朝自己而來的周依依，微微笑著。「盛陽郡主，剛剛在宴會上都沒有說話，幸會了。」

「璟王妃好，久仰璟王妃美名，今日一睹芳容，果然名不虛傳，怪不得我家夫君對您這張臉念念不忘。」周依依剛開始說話還算正常，越說卻越不像話。

阮灤算是見識了這位郡主的口無遮攔。

「本王妃與孟修言早早就退了親，當初什麼緣由可是滿城皆知，郡主現在特意攔住本王妃說這種話，是不是太沒有規矩了些？」阮瀠一臉嚴肅地駁斥著。這話若是傳出去，只怕會弄得她一身騷。

「璟王妃勿怪，本郡主素來說話不拐彎抹角的，我是有口無心，沒有什麼惡意。」周依依嘴上說著沒有惡意，眼神可完全不是這個意思，一直上下打量著阮瀠。

阮瀠看出來，周依依這是專門出來噁心她，認為她這種大家閨秀，應該招架不住她的惡言。

「郡主說自己沒有什麼惡意，那本王妃就不計較了。就算郡主說了什麼，朝中人看妳平時的作風，也應該知道孰是孰非。」阮瀠懶得和這種不要臉面的人說話，暗暗叫松音給這個女人下藥粉，讓她一年半載沒有「性」趣，就打算轉身離開了。

轉身之際，她聽到周依依的吐槽。「裝什麼高貴，嫁給一個瘸子，有什麼可裝的？」

她本來就是小聲嘟囔，沒想到阮瀠自從服用靈泉水之後，耳力驚人。

周依依就見剛剛已經轉身的人，一個回身，巴掌就招呼上來。

等到她反應過來，阮瀠已經收手，眼神冰冷地看著她。

「妳竟然敢打我？」周依依從小受盡微月公主寵愛，從來沒有受過這種委屈，這還是她第一次挨打，顯然有點驚訝。

「剛剛本王妃不理會妳的胡言亂語，不代表妳就可以繼續嘴裡不乾不淨。王爺可是為朝廷立過汗馬功勞的，妳現在能錦衣玉食和本王妃在這裡叫囂，還不是王爺曾經帶領大雍將士為妳守護了太平江山。王爺因戰受傷竟然被妳如此侮辱，作為王爺的妻子，我就是打妳又怎麼樣？妳有本事去父皇面前告狀！哼，妳若是再口出妄言，本王妃就好好教妳怎麼說話。」

阮瀠可不理會周依依那瘋狂的眼神，看著她被旁人拉住了，也不再繼續上前教訓她。

把事情鬧大，或許就是周依依想要對付她的手段？她不介意讓周依依連這個郡主都做不成，敢在背後議論祁辰逸的傷腿，她會送她一份大禮！

說完這些話，阮瀠轉身離開，其間她已經暗中叫松音撒藥出去了。

周依依還想要上前，旁人苦口婆心地勸告。「我的好郡主，今天可是好日子，這事若是鬧出來，也是咱們不占理，到時候公主在大庭廣眾之下也沒辦法袒護郡主，吃虧的還是您。」

「是呀，郡主，璟王妃品級可是比您高，咱們就是鬧大了也占不到便宜，君子報仇十年不晚，不一定非要在今日爭出高低。」

不得不說，跟著的人都很了解周依依的性子，果然將她說動了。

周依依看著阮瀠遠去的背影，心裡怒氣翻湧，也不得不壓抑下去。「本郡主的臉怎麼樣，可是能被看出來？」

想她周依依從來都是叫別人吃虧，還沒有吃過這樣的巴掌。

很好，她和阮瀠沒完！

本來她只想在背後算計阮瀠，讓她名聲掃地，現在她可不想這麼容易就放過她了！

另一邊，阮瀠即使已經走了很遠，彷彿還能感覺到周依依的惡意眼神。

前世她與盛陽郡主沒有什麼交集，今日一見委實是她遇過性子最惡劣的人，偏執而又驕縱，那種惡毒彷彿是刻在骨子裡，放蕩的性子更是世間少有，一點都沒有底線。

阮瀠已經打定主意，這種人絕對不能忽視，而且她還和阮清扯上關係，還是要防著這種人無所顧忌的反撲！

阮瀠回到宮宴上，剛剛坐定，就聽到妃嬪那邊傳來的動靜。

是一個女人的驚呼聲，接著就是一小宮娥顫抖的聲音。「陛下，我們小主流血了……」

宣帝本來正在和凝貴妃等妃嬪笑談，沒想到竟然發生這樣的騷動，定睛一看，是鶯貴人流出的血跡。

「怎麼回事？」宣帝心裡有些不好的預感，這些日子他對劉鶯歌很上心，趕忙起身詢問。

「陛下……」劉鶯歌勉強保持著清醒的意識，趕忙向宣帝求救。

她實在想不明白自己怎麼會中招了，明明夠謹慎小心了，食物沒有吃，就連酒水也只是沾一點，怎麼還會走到現在這個地步？

得知眼下情形的宣帝，趕忙派人將劉鶯歌送到最近的宮室，叫了太醫。

他心裡想著劉鶯歌估計是有喜了，只是他還沒有知道孩子的存在，就發生這樣的波折。

想到這些事情，宣帝也沒有什麼心思繼續坐在這裡，好在酒宴過半，就留了幾個皇子坐鎮，他趕忙去劉鶯歌那裡。

鄭皇后也跟著過去，作為一國之母，後宮中發生這種事情理應由她來主持；凝貴妃是鶯貴人的至親，一臉關切地離席；惠妃、麗妃是此時覺得晦氣，可是也不得不跟上，畢竟今日的晚宴都是兩人籌備的。

距離陽原宮最近的宮室就是紫荊宮，並沒有什麼妃嬪居住在這裡，所以劉鶯歌安置在這裡也是方便。

劉鶯歌至始至終都是清醒的，彷彿有一股力量在撕扯著自己，下腹劇痛，她幾乎要昏死過去，可是她咬牙不肯。知道自己中了暗算，她心裡很清楚，八成是那個好姑母下的手，這個宮裡能夠將毒藥用得神不知、鬼不覺，只有她能做到。

都怪自己不小心，身邊肯定是有姑母安排的人發現了她的秘密。

劉雨凝，真是好狠心！

一行人到來的時候，太醫們已經開始忙前忙後，看著他們愁眉不展的樣子就知道狀況不好。

在宮裡妃嬪小產這種事情不足為奇，可是在大過年的時候發生這種事情，難免龍顏大怒，所以太醫們盡了最大的努力，奈何還是沒有留住這個孩子。

「鶯貴人現在怎麼樣了？」宣帝進了主殿，坐在上首的位置。

「回稟陛下，是臣等無能，鶯貴人有兩個多月的身孕，奈何誤用寒涼之物，孩子沒有保住。」幾位太醫之中資歷最老的徐太醫慚愧回稟。

「豈有此理！鶯貴人有孩子了，朕怎麼一點都不知情？難道沒有太醫為鶯貴人請平安脈嗎？」宣帝聽到這個消息，果真壓制不住自己的火氣。他這個歲數還能夠使宮妃懷孕是多麼喜慶的一件事，可是這個孩子竟然在自己無知無覺的時候就沒了。

「回陛下，這些日子每每給鶯貴人請脈，鶯貴人不是在休息就是哪裡不方便，所以……」一直負責給劉鶯歌請脈的王太醫也是苦不堪言。

這番話一出，在場的人已經明白鶯貴人是知道自己有身孕卻故意隱瞞。

宣帝聽了這話，也明白其中的道理，一會兒打算問劉鶯歌。「剛剛你們說鶯貴人是誤服寒涼之物，去給朕查，剛剛鶯貴人都吃了些什麼？」

顯然這次宣帝是不準備含糊過去，可以想見對這個孩子多麼受重視。

「哼，這新年晚宴可是惠妃和麗妃共同操持的，臣妾想著兩人身上都有嫌疑，皇后姊姊還病著，鶯歌又是臣妾的姪女，這件事就交給臣妾的人去查吧？」凝貴妃裝作一臉痛心地開口，殊不知她心中簡直要樂開花了。

宣帝本來要點頭答應，凝貴妃去調查此事也是合情合理，奈何鄭皇后插言。「還是陛下派人去查驗吧！凝貴妃妹妹畢竟沒有處理這方面事情的經驗，怕誤了時辰，再耽誤了事情就不好了。」

鄭皇后當然知道凝貴妃此時跳出來目的不純，怕是為了掩蓋證據或是要謀算別的，她怎麼可能讓她如願？

宣帝也懶得廢話，既然皇后這麼說，他就讓身邊的大太監王常去辦這件事。

凝貴妃退回自己的位置，心裡恨皇后恨得要死。其實她倒不是要臨時做手腳，事情早就已經安排得妥妥當當，此時不過就是想要顯示自己辦事的能力，一會兒麗妃她們倒楣的時候，她也好藉此接手，如今計劃全都被皇后給破壞了。

不一會兒，王常帶著一盤菜回正殿。「啟稟陛下，奴才等人查驗了鶯貴人桌上的菜餚、酒水，這盤菜中有著大量的寒涼藥物……」

「好哇！惠妃、麗妃，皇后娘娘是信任妳們才將宮務交給妳們協理，沒有想到妳們竟然藉機害人，真是太惡毒了！陛下，您一定要為鶯歌做主呀！」

還沒有等宣帝有什麼反應，凝貴妃已經拍案而起，怒斥主理這場宮宴的惠妃和麗妃。

惠妃聽到凝貴妃這份指控，趕忙跪下，為自己申辯起來。「陛下明察，臣妾前些日子確實是負責御膳房的事情，可是今日宮宴上菜餚等事宜，都是麗妃妹妹主理的，臣妾主要負責場地佈置和歌舞。」

此時惠妃心中多少有些慶幸，若不是麗妃開始操辦的時候覺得擺設和歌舞等事情太過麻煩，非要和自己重新調整分工，她礙於面子又不好拒絕，眼下真要吃不了兜著走。

麗妃也趕忙跪下。「陛下，臣妾是冤枉的呀！您可不要聽凝貴妃姊姊胡說呀！臣妾是負責宮宴的菜餚，可是這來來往往這麼多人經手，怎說就一定是臣妾所為呢？再說，臣妾與鶯貴人無冤無仇，根本不知道她有孕了這件事，怎可能安排這麼惡毒的手段呢？」

麗妃簡直都要嘔死了，她本來以為準備菜餚等事宜比較省力才和惠妃交換，怎麼想到會發生這樣的事情呀！

她現在都有些懷疑是不是惠妃出於記恨而故意陷害她，畢竟前些日子她管著御膳房，沒準兒收買了什麼人。

宣帝看著跪在地上為自己叫屈的兩個人，心裡充滿厭煩。

明明是這樣好的日子，出了這樣的事，一個個只會在這裡哭哭啼啼……

「陛下，臣妾也認為此事不一定是麗妃的錯，她明明主理這宮宴上的菜餚，若是還在這上面動手，不是明擺著讓人找她麻煩？臣妾覺得麗妃妹妹應該沒有這麼傻才是。」鄭皇后看出宣帝的不耐，也跟著開口。

凝貴妃一聽鄭皇后為麗妃開脫，馬上就想開口駁斥。今日麗妃是無論如何都要背鍋，否則自己怎麼有機會奪得本就應該由她協理的宮權？

可是還沒有等著她開口，屋內就傳來鶯貴人有些虛弱的聲音。

「陛下，鶯歌有話要說！」

沒想到這時候，劉鶯歌竟然走出來了。

劉鶯歌被宮女扶著，身上披著厚厚的大氅，面色、唇色慘白，這模樣一看就是遭了大罪。

宣帝本來還有些生氣劉鶯歌知情不報，可是看到她現在這個樣子也不好責怪。

「妳怎麼出來了？妳現在這身子可不能這麼不經心，趕緊回去躺著才是正經，這裡有姑母為妳做主。」凝貴妃看到劉鶯歌趕忙出來關心，她要陛下看看自己有多麼關愛這個姪女，也存著讓劉鶯歌認清現實以後乖乖依靠她的心思。

「陛下，鶯歌委屈，妾早就知曉自己有孕，為了能夠在新年的時候給陛下一個驚喜才一直小心翼翼瞞著，哪知道被別人鑽了空子。妾一定要將這件事情弄個明白，您就讓妾在這兒吧。」劉鶯歌泫然欲泣使出苦肉計，作勢要跪下。

今天這件事她必須要為她的孩兒討回公道，否則她不甘心！

宣帝看她這個樣子也心軟，讓人抬上軟塌，鋪上錦被，又多添置幾個暖爐，讓她能夠躺著。等一切安置好了，才問她有什麼話要說。

「陛下，正如皇后娘娘說的，這件事並不是麗妃娘娘的錯。」劉鶯歌開口說道。

「妳這個孩子，這種時候還要為害妳的人說話，未免也太善良了。」凝貴妃又一次插言，她絕不允許別人破壞了自己的計劃，這協理宮務的權力，她要定了！

劉鶯歌沒有理會凝貴妃的話，喘了口氣，忍住襲來的疼痛，接著說道：「因為妾今日在晚宴上並沒有用過任何東西，就連酒水都沒有飲用，即使王公公帶來的這盤菜有問題，也不是導致妾小產的原因……」

第三十三章

宣帝聽到劉鶯歌這番話，眼睛瞇了瞇，看樣子這件事情越來越複雜了。

劉鶯歌很謹慎沒有吃東西，卻有人在菜餚裡動手腳……

麗妃明白眼下的情況，趕忙開口為自己鳴冤。「陛下，臣妾真的是被冤枉的，臣妾對天發誓，這事情絕不是臣妾所為！也許宮宴上有別的事不對勁，諸如擺設。」

此時風向變了，麗妃想拉惠妃下水，以報剛才的冤仇。

宣帝自然知道麗妃的小心思，揮手讓王常繼續下去查看。

劉鶯歌知道這種查法根本查不出什麼，就在一旁開口。「陛下，妾想著自己宮裡說不定有什麼不妥當的人，否則妾有孕這件事怎麼會被別人利用了？不僅害了妾的孩子，還想要拉麗妃娘娘下水，求陛下恩准將這些奴才送去拷問，說不定能有什麼收穫。」

鄭皇后在一旁看著劉鶯歌這麼快就反應是哪裡有問題，心裡不得不佩服這個女子的心思聰穎，比起凝貴妃來說，絕對是有過之而無不及，若是她早出生幾年，應該劉家的前途不僅於此。

宣帝深覺有道理，趕忙吩咐人去辦。劉鶯歌也趁這個機會保住自己身邊的陪嫁丫鬟，倒是不必去吃那個苦楚。

凝貴妃心中大急，她沒有辦法保證自己的人不會出賣她，可是宣帝已經讓人下去查辦，此時出聲阻止也晚了。

宣帝讓麗妃和惠妃起身，總不能讓這兩個皇子的生母一直跪在地上。

麗妃一起身，不知道是不是感受到凝貴妃心中的煎熬，陰陽怪氣地說：「剛才貴妃姊姊還恨不得吃了臣妾似的，現在要查出真的凶手了，反而默不作聲……」

霎時，屋內人關注焦點在凝貴妃身上。

凝貴妃感受著眾人目光的洗禮，尤其是劉鶯歌那漆黑的眸子，頓時心慌。「麗妃，妳不要血口噴人，本宮……」

「臣妾可什麼都沒說。」麗妃擺了擺手，無辜地說。

宣帝眼下根本不想聽別人吵鬧，清了清嗓子，眾人都鴉雀無聲。

過了約莫有一刻鐘的時間，有人來稟報。「晚宴之中沒有什麼可疑的，倒是鶯貴人宮裡的一個嬤嬤招出自己曾經將鶯貴人懷有身孕這件事情，告知凝貴妃娘娘身邊的桂嬤嬤……其餘的事情她就不知道了。」

凝貴妃聽到有人果然沒有頂住審問供出了自己，可是她剛剛和桂嬤嬤暗中交流了眼神，桂嬤嬤一家老小身家性命繫在自己身上，是絕對不會出賣自己的，所以她只要矢口否認就不會有事情。

「陛下，臣妾是知道鶯歌懷孕的事情，不過只是囑咐那個嬤嬤暗中關照鶯歌罷了，鶯歌是臣妾的姪女，那孩子也和臣妾有著血脈聯繫，臣妾怎麼會害她？您若是不相信，大可以帶桂嬤嬤去審問看看，是不是臣妾所說的這樣？」

不得不說，凝貴妃此時跪在地上叫屈的樣子，比剛剛惠妃和麗妃的樣子可美多了，怪不得能夠一直穩坐後宮最受寵愛的位置。她將表情和語氣用到了極致，楚楚可憐的模樣，讓人覺得懷疑她就是一種罪惡。

宣帝聽到她這樣說，心裡也有些動搖。凝兒這麼些年都是他最寵愛的女子，雖然年紀日漸大了，他身邊出現了不少年輕的妃嬪，可是這個女子依然能夠讓他疼惜。

只不過這些日子，劉鶯歌的出現，讓他更加情動罷了……

「陛下，無論是不是貴妃所為，眼下已經查到這個地步，沒有就這麼算了的道理，不如就帶桂嬤嬤下去問話吧，如此也就洗去貴妃的嫌疑，否則以後凝貴妃如何自處？鶯貴人又要如何面對？」鄭皇后看出宣帝的動搖，出口說道。

劉鶯歌剛剛終於領略到自家姑母精湛的演技，自己好不容易抓到破綻，差點就要被她揭過去，好在皇后娘娘適時開口，否則她可真的要魚死網破了。

宣帝聽了皇后這番話，又看到新寵目光盈盈地望著自己，點了點頭，讓人將桂嬤嬤帶下去。

凝貴妃沒有阻止，反而顯現出一種不被信任的悲傷，卻完全沒有害怕。

宣帝看到她這個表現，心中的疑慮也消退不少。

於情於理凝貴妃確實沒有加害自己姪女的動機……

此時帶著桂嬤嬤出去的侍衛身上被人偷偷塞進一個荷包，正是祁辰逸身邊輕功最好的暗衛手段……

一刻鐘不到，剛剛去審問的人帶著桂嬤嬤回來了。

凝貴妃看到桂嬤嬤身上沒有被用過刑的樣子，更是放心不少。看樣子那些審問的人懂規矩，知道給她這個貴妃娘娘面子。

「可問出什麼了？」宣帝問著下面的人。

「是，臣想著還是讓她自己跟陛下說，故又將人帶回來。」他還沒有動用什麼手段，這個老奴才就將事情全都招了，而且涉及的事情都不簡單，他可不敢做主。

凝貴妃一聽，心裡大驚。

桂嬤嬤怎麼會背叛自己呢？不會的……

宣帝點了點頭，讓桂嬤嬤說。

「貴妃娘娘確實是給鶯貴人下藥，藥不是口服的，就埋在娘娘送給貴人的那盆月季花盆中。」桂嬤嬤彷彿被打開了開關，將事情說出來。

凝貴妃沒想到自己的奶嬤嬤會這麼輕易地招出一切，所以愣了半晌才想到要阻止。「妳這個老奴才是魔怔了不成？怎麼可以說這樣的胡話……」凝貴妃想要拿她家人威脅她，可是話還沒有說出口，就被桂嬤嬤接下來的話驚住了。

「不僅如此，三皇子的腿疾也是貴妃娘娘讓人在箭矢中藏了奇毒；還有前些日子，皇后娘娘抱病，也是貴妃娘娘讓鳳藻宮的知夏在枕上動手腳，以此能夠得到協理六宮的權力；還有曾經頗得皇上寵愛的芳嬪娘娘……」

沒有人知道，此時神色正常的桂嬤嬤，腦海中出現的都是凝貴妃殘害她至親的畫面，所以為了報仇，她把這些年凝貴妃做過的所有事情全都交代了出來。

凝貴妃聽著桂嬤嬤的話，頓時癱倒在地。「完了，全完了……」

桂嬤嬤不僅供出事情，還將前因後果，用了什麼毒，怎麼下手說得清清楚楚，讓人不得不相信。

知夏聽到桂嬤嬤指認之後，也哭泣著將自己背叛的緣由說了出來，正是凝貴妃控制了她的母親，所以才不得不聽命於她。

這一樁樁、一件件，讓鄭皇后驚詫不已。她不過是讓人控制桂嬤嬤的孫子，要求桂嬤嬤坦承凝貴妃對她和鶯貴人下毒手，哪想到桂嬤嬤竟然全都說了。

這其中發生了什麼事情，沒有人知曉。

宣帝聽到這些話，一時之間不知道應該如何反應。寵愛大半生的女子，竟然做了這麼多傷天害理的事情，他簡直不敢相信自己的耳朵。

劉鶯歌抓住此時的機會。「陛下，沒有想到凝貴妃竟然惡毒至此，妾的孩兒竟然不是最可憐的，皇后娘娘、三皇子還有那麼多人都遭凝貴妃的毒手……妾真是害怕，是不是誰危害了凝貴妃娘娘的利益，她就會對誰下手，即便是妾這個親姪女也不放過。」說到這裡她竟然不寒而慄地瑟縮了一下。

宣帝受到這些事情的衝擊，再聽到劉鶯歌的話，他素來多疑的心思也活泛起來。

鄭皇后也自然知道眼下的機會是多麼珍貴，緊跟著說道：「這……雖然臣妾身邊的人承認背叛，臣妾也確實身體抱恙，可是太醫常常來請平安脈，並沒有查出臣妾中毒之事，還有逸兒……」

「那是因為貴妃娘娘的毒術傳承自一個隱秘的部落，大多數手段都是讓人無知無覺，甚至醫者也無法察覺。」桂嬤嬤為大家解惑。

宣帝終於驚慌起來，不知道這個女人有沒有對自己下手，畢竟她的手段實在邪門。

「妳這個毒婦！妳說，有沒有對朕動什麼手腳！」宣帝暴跳如雷，一想到這個可能性簡直都無法安眠。

凝貴妃自知此時已經無力迴天，宣帝都開始懷疑她對他動手，她該怎麼辦？

「臣妾沒有，臣妾是愛著皇上的，怎麼會對陛下出手？臣妾自知罪孽深重，但這些都是臣妾一人所為，我願意以死謝罪！」

凝貴妃知道自己所做的事情已經暴露，就算宣帝想要保她，皇后也不會放過她，更何況宣帝不可能再護著她了，現在唯有她以死謝罪，才可能最大限度保住兒子的利益。

說完，她抽出殿內侍衛的刀，抹向自己的脖頸……

鄭皇后走在覆蓋白雪的長街時，心裡還有一些悵然的感覺。

和自己鬥了半輩子的凝貴妃，竟然是以自刎的方式結束生命。她沒有預期自己中毒和鶯貴人小產的事情能徹底扳倒凝貴妃，本以為不過是降位、禁足這種懲罰，卻陰差陽錯造成現在這種情景。

剛才說了許多話的桂嬤嬤好像終於醒過神來，看到凝貴妃殷紅的鮮血飛濺時，她也承受不住內心的煎熬撞柱而亡，這一場戲以這樣慘烈的方式落幕了。

宣帝看到寵了半輩子的女人死去，卻沒有心軟，下旨將四皇子囚禁起來，名義上是凝貴妃惡毒，四皇子知情不報，實際上當然是母債子償的意思。劉家也受到牽連，好在還有鶯貴人在宮裡，不過也只是保住身家性命。

宣帝實在是無法容忍伴在自己身邊的女子竟然是一條毒蛇，可能還會危害自己，恨不得將一切有牽連的人都鏟除乾淨。

鶯貴人雖然是苦主，卻也是劉家人，而且長得和凝貴妃相似。當宣帝沒有那份憐惜，鄭皇后都能夠想像到劉鶯歌今後的日子是什麼樣的。

她們姑姪兩人的內鬥，誰也沒有想到會是這樣的收場方式。

凝貴妃當初選擇劉鶯歌進宮為自己固寵，反而是連命都沒有保住，簡直讓人唏噓。

陽原宮那裡的晚宴即將結束，雖然剛才有突發狀況，可是這些皇親國戚也算是見怪不怪了。他們聽說出事的女子只不過是最近受寵的貴人罷了，即便宣帝退席了，照樣是推杯換盞，好不樂乎。

直到宣帝的人，來到這裡帶走和別人高興對飲的四皇子，他們才驚覺今日之事不簡單。

祁辰炤對於今日之事還是有信心，表妹那個孩子肯定保不住了，母妃奪回協理宮權也是板上釘釘的事情，畢竟他們母子在宮中順風順水這麼多年，根本沒有想過自己會失敗。

奈何人不可能永遠心想事成，一時的失意也可能就是萬劫不復！

晚宴經過這麼多事情，實在無法進行下去了，祁辰逸內心倒是沒有什麼波動，五皇子和七皇子等人卻急於去探查現在是什麼情況。

所以，幾人商量著提前散宴，讓眾人都各回各家，實際上也沒有比往年早多少。

正當眾人起身，想要行禮告退的時候，宗室女眷這桌卻出了亂子。

原來是周依依，剛剛她回到宴會上的時候，整個人就有些不對勁，異常沈默起來，幾杯酒下肚，越發沒有聲音。微月公主雖然有些納悶，可是女兒這樣總比四處挑釁惹禍好，誰知道一宣佈宴席結束的當下，她竟然率先起身朝男賓那裡奔過去。

周依依一邊跑，一邊寬衣解帶，嘴裡嘟囔著。「小親親們，本郡主來寵幸你們了……」

頓時男賓那裡混亂起來，人群騷動。

這些男人倒也不是什麼正經之人，但這個周依依是堂堂皇室的郡主，在大型宴會出這種事，他們都避之不及。

再說周依依在外面養男寵的事情，在座各位也都有所耳聞，男賓們尷尬地四處奔走，生怕被她貼上，壞了自己在外的好名聲。

微月公主看到女兒做出這樣丟人現眼的事情，險些昏厥過去，還是身邊的丈夫趕忙反應過來，讓人趕緊上去制住女兒。

周依依被控制住的時候，已經衣衫凌亂，上半身只剩下肚兜了……

好在孟修言現在的官職還沒有資格來參加這種宴會，否則按照他的性格，怕是當場會羞愧而死吧。

微月公主已經不敢想明日大街小巷會傳出什麼樣難聽的傳言，只能掩面讓人帶著還在掙扎的周依依回公主府。他們也不能再讓周依依回孟府，出了這種事情還是送她去避一避風頭。

而阮瀠目光清冷地看著微月公主一行人離開的背影，聽著松音在自己耳邊誇讚藥效好，心裡是一點波動都沒有。

周圍的宗室女眷也是一臉難堪，覺得皇家的臉都讓盛陽郡主丟盡了，平日裡胡鬧就算了，在皇宮新年宴會上竟然因為醉酒如此失儀！

在場眾人都覺得是周依依喝醉酒，將平時的胡鬧本性展示出來，沒有人懷疑這是別人的算計。

就連周依依第二日清醒，也沒有懷疑自己中了算計，這都是後話了。

總之，今年的宮宴簡直是歷年來最精彩的一回，先是有宮妃出事，皇上、皇后和一些妃子提前離席，接著就是盛陽郡主這一齣鬧劇，注定讓在場眾人留下深刻的印象。

阮瀠走到了老夫人面前。「祖母，新年快樂，等過兩日我就和王爺回府啦！」

兩人相視而笑，各自離去。

等到祁辰逸夫婦上了回府的馬車，阮瀠才稍稍吐出一口氣。

這一天發生太多的事情，處處充滿波折。

「怎麼嘆氣了？可是累了？」祁辰逸聽到阮瀠的嘆息，緊接著問道。

「累倒是還好，就是感嘆今日發生太多事情，讓人完全感覺不到過年的美好罷了。」阮瀠說出自己現在心中的想法。

「是呀，今年一開始實在不平靜，以後都會好的！」祁辰逸知道阮瀠自從成為自己的王妃不得不去面對這些複雜的人事，不免有些心疼。

「嗯！」只要兩個人在一起，阮瀠根本不反感現在面對這些事情。

「對了，剛剛周依依的瘋魔是我下的手。」阮瀠並沒有隱瞞的想法，而且她有信心，祁辰逸不會有什麼不滿。

「哦？」祁辰逸還是有些驚訝。

當時周依依跟著阮瀠出去，他自然是不放心，派了暗衛去保護，也知道兩人發生口角。只不過暗衛沒有聽清楚周依依說了什麼話，讓阮瀠出手打了她，但就後來阮瀠的回覆來看，祁辰逸猜到周依依是侮辱他而惹惱了小妻子，他心中很感動，沒想到她還做了別的事情。

阮瀠點了點頭。「我給她下了一種讓人產生幻覺的藥，她才會那樣。誰讓她嘴巴不乾不淨，既然她敢說你不是，我就讓她連這個郡主都做不成！」

小王妃這樣為自己出頭的樣子實在太可愛了，他是多麼幸運能夠得到這樣一顆純粹的心。

「我想她確實會為自己的言行付出代價。凝貴妃剛死，父皇正在氣頭上，現在誰若是做出什麼事情觸怒他，想必下場會很不好看，咱們就拭目以待吧！」祁辰逸笑著肯定了她的想法。

「凝貴妃竟然能夠犧牲至此，想來也是為了保住四皇子，沒想到父皇全然不顧舊情……」阮瀠自然知道凝貴妃已死的消息。

這些事情一直掌控在祁辰逸手裡，甚至她主動提供讓人說真話的藥，就是想要扳倒凝貴妃，畢竟她害了祁辰逸，總不能不付出代價。不過他們沒有想到她會自刎而死，沒有等到宣帝的懲罰。

「父皇這個人就是這樣，他不能容忍這樣一個危險的女人伴在自己身邊，他不在乎我和母后，甚至那些他曾經寵愛之人的生死，他最在乎的永遠只有自己。想必凝貴妃知道自己活不成了，所以選擇自我了結，只不過她還是高估了自己的地位，根本沒有辦法保住四皇弟就是了。」祁辰逸冷笑道。

他早就對這個父親了解透澈，只不過女人們總是對於這個枕邊人抱有不切實際的幻想。他甚至知道，宣帝留著祁辰炤的性命，無非是因為今日是個吉祥的日子。

經過這一天，前朝後宮形勢將會大變。

四皇子和凝貴妃永遠退出了權力的角逐。

祁辰逸和阮瀠知道，五皇子和七皇子的爭鬥將會越演越烈，他們只要慢慢等著就是了。

而事實確實如此，五皇子和七皇子已經知曉事情的始末，心裡都是喜悅的。一直最受寵愛的四皇子被囚禁，他們少了一個有力的對手，盯著那個位置的人越少，當然是越好。

雙方對彼此也是深惡痛絕，今日惠妃和麗妃是真的撕破臉了，以前還有四皇子在前頭做出頭鳥，今後沒有這個緩衝，想來對方就是死敵了……

第三十四章

隔日，祁辰逸與阮瀠進宮，給宣帝請安之後，到了鳳藻宮。

正巧後宮妃嬪剛剛離開，鄭皇后也在等著小夫妻兩個。

「給母后請安，祝母后新年安康！」

兩人今日都身著大紅色衣衫，看起來就是喜氣洋洋，彷彿根本沒有受到昨日事情的影響。

「好好好，宋嬤嬤，給他們兩個發紅包！」鄭皇后臉上雖然帶著笑，但是眼下有青色的痕跡，看樣子是因為昨天發生太多事情而沒有睡好。

等到他們坐定，才知道宮權又回到鄭皇后手裡，原來昨日事情雖然是凝貴妃所為，但宣帝還是不高興，責怪惠妃和麗妃管理不善，收回協理六宮事務的權力。

此外，宣帝昨日得知周依依在宮宴上的鬧劇之後，龍顏不悅，收回盛陽郡主的封號，現在周依依再也不是郡主了！

一大早，周依依在宮宴上的所作所為已經傳得人盡皆知，就連她養男寵的那些事也不再是秘密，在整個京城算是臭名遠揚。

微月公主已經預料到流言的可怕，連夜就將人送出京城，讓周依依到臨城的宅子住些日子，等時間久了就沒人會記得。

微月公主做好準備迎接那些流言蜚語，可是孟家卻被這事弄得措手不及。

現在京城裡各種說法都有：有批判周依依放蕩的；有嘲笑孟修言頭上青青草原的；有唏噓起孟家人有眼無珠，放著璟王妃那樣好的女子不要，非要娶個蕩婦進門……

他們可不提這樁婚事是皇上賜婚，各種流言不絕於耳，剛過完年就熱鬧至極。

孟母聽了這些傳言才明白昨日兒媳為何沒有回家，原來是沒有臉回來，她氣得破口大罵。

「這個不知羞恥的女人，還郡主呢！我呸！言兒，她不賢不孝，咱們家不能再容她，你去寫封休書，送去公主府，這樣的媳婦咱們孟家要不起！哎呀……家門不幸呀！」

孟修言自然也忍受不了周依依給他帶來的羞辱，再說他本來就不喜歡這個妻子，現在母親都這麼說了，他趕忙去書房寫一封休書準備送去公主府。

反正他已經不想走仕途了，也不怕得罪什麼公主！

此時最高興的人就數陳楚兒，周依依那個女人一走，她的日子就不會這般煎熬，而且這個正妻之位就是她的囊中之物。

在一旁的綠繡見不得陳楚兒如此得意，卻也想起最近知道的一件事，心裡暗暗盤算起來。

等到孟修言去公主府的時候，才得知微月公主府閉門謝客，懺悔周依依所犯下的錯誤。

他知道這是公主府的緩兵之計，可是也沒有辦法，他一個文弱書生總不能打進去。況且周依依離開京城了，他不得不頹喪地回家。

休妻這件事看樣子得再等等，一想到現在京城百姓說起周依依就會連帶著孟家，孟修言也索性閉門謝客了。

離開鳳藻宮之後，祁辰逸就帶著阮瀠回英國公府，帶了一馬車的年禮。

兩人到英國公府，自然是一番熱鬧的拜年和祝賀之聲，讓阮瀠意外的是，阮清竟然帶著謝詹來得更早。

雖然老夫人因為種種事情並不待見這個庶孫女，可是這次謝詹跟著上門來拜年，總不好給人家臉色，所以就正常接待了。

阮瀠進來的時候，阮清看她一身正紅的華貴打扮就記恨不已，誰讓她是個妾室，即便再受寵，這輩子都穿不了正紅色。轉瞬她壓制住自己的嫉妒，殷勤地上前行禮，好像她們還是好姊妹。

阮瀠猜想阮清也許知道蘭姨娘要回來的消息才過來幫忙。

英國公早就想要和祁辰逸聊聊自己最近新得的一本兵書，阮瀠則去關懷自己娘親，老夫人在一旁講林氏肚裡的小東西是多麼調皮，一家人和樂融融，謝詹和阮清越發顯得格格不入。

阮清在一旁十分尷尬，她恨這幫人根本沒有把她當作這個家的一份子，轉念想起了自己的謀算，心裡是一點顧慮都沒有了。又想起她在謝家現在的處境，更堅定了自己的立場。

既然你們無情，就不要怪我無義！

等到午膳的時候，氣氛也算和樂，可是剛吃不到一半，就有下人來稟報說世子回來了。

阮瀠和祁辰逸早就知道這個消息，沒有什麼好驚訝；阮清和謝詹也是接到蘭姨娘的消息而回來幫忙的，自然不會感到意外；反倒是英國公夫妻和林氏驚訝萬分。

不是說為愛走天涯，這才走幾個月，人怎麼就回來了？

英國公將筷子重重放在桌子上，已經沒有繼續吃的心情。

老夫人一方面怨這個兒子不成器，可是知道他沒事，心裡也安定了一些，另一方面就是生氣。
林氏卻是無所謂，她已經習慣了沒有夫君的生活，即便阮寧華回來也不會有什麼影響，她都會當他不存在。
看到這種場景，阮瀠走上前去安撫祖父。「祖父莫要生氣，既然父親回來了，想必是知道自己不對，今日也是團圓的日子，讓他進來吧！」
她倒不是情願為阮寧華說情，可是一來她要顧忌著祖父的情緒，二來祖父即使生氣也從來沒有斷絕父子關係，所以阮寧華勢必會回來，不如自己給這個臺階，三來就是她和祁辰逸已經商量好，想要引蛇出洞，總要讓蘭姨娘有機會才是。
英國公感受著孫女的貼心，冷硬的面色緩和了一下。「將那個逆子帶去前院！」
他轉頭看到還有兩個孫女婿在家中，也是有些尷尬。
祁辰逸沒有心思去插手英國公府的家務事，所以提出要去房間休息一會兒；謝詹雖然想去看熱鬧，可是璟王爺都不摻和，他也沒有理由跟著去。
英國公點點頭，帶著老夫人、林氏以及阮瀠、阮清去前院。
一進院中，就看到阮寧華的胳膊像是骨折了，掛在胸前。
阮瀠很是驚訝，傳信的人可沒有說渣爹受傷了呀？
她當然不知道，這是祁辰逸想要給這個岳父一些苦頭吃。

「父親、姨娘，你們回來了，女兒可擔心了。」阮清趕忙撲上去和至親久別重逢。

英國公夫婦這才將目光投向蘭姨娘身上。他們倒是不意外，兒子為了這個女子都拋下家族了，將人帶回來也不是什麼稀奇的事情。

英國公和老夫人走到上首坐下，阮瀠也在一旁扶著林氏。

唉，娘親是不得不出現在這種場合，畢竟渣爹是她夫君，否則她挺著這麼大的肚子，還真不應該摻和這種事情。

阮寧華看到自己回來，只有小女兒是真心歡迎他，心裡也是有些蒼涼，想起自己當初離開家，短短時日又不得不屈服於現實，心裡更加不舒服。

「哼，為父還以為你在外面能夠過得有多逍遙呢，怎麼捨得回來了？」英國公發現他那胳膊也不是傷得多重，覺得可能有些苦肉計的成分在裡面，話就不那麼好聽了。

阮寧華許久沒有聽到父親這個聲音，還是有些懼怕，身子不由自主瑟縮了一下，可是想到蘭姨娘和她肚裡的孩子，還是鼓起勇氣。「父親，孩兒知錯了，是兒子糊塗一時沒有想清楚，就衝動離開家。現在兒子真的想清楚了，只有英國公府才是兒子的歸屬，兒子就厚著臉皮回來了。」

阮瀠心中嗤笑，這話明明就是蘭姨娘的風格，看樣子蘭姨娘將這個渣爹訓練得很好嘛！

「哼，你確實是糊塗，為了個女人就拋棄家族和父母，現在還回來幹麼？想著讓我們接受你這個女人不成？」老夫人也是恨鐵不成鋼，不得不怒懟回去。

「父親、母親，是兒子錯了！可是蘭姨娘她……兒子本也不想帶她回來惹您們不痛快，可是她現在又有了身孕，為了這個孩子，兒子不忍心將人送回莊子上。」阮寧華聲淚俱下地說著自己的苦衷。

英國公夫婦卻更加生氣，他離家出走的真正目的就是逼他們妥協吧？

看著祖父母因為阮寧華這番作態更加生氣，阮瀠覺得這時候自己要出場來幫忙了。

「祖父，祖母，父親也這把年紀了，即便曾經做的事情確實有錯，可是您們就看在我和母親的分上，給他一個機會吧！」

阮瀠倒是說不出什麼不怪罪之類的話，畢竟她也不是聖母，要原諒渣爹曾經的那些荒唐。

英國公聽到阮瀠這麼說，懶得和底下這個拎不清的兒子說話。若不是為了阮瀠在外的名聲，他是真的不想認這個兒子。

「哼，就像瀠兒說的，你也這麼大把年紀了，也不想想自己做的事情若是傳出去，你的兒女如何在這個世上立足，你別以為我和你母親原諒你了，無非就是為了孩子們的臉面。帶著這個女人滾回去！她若不知悔改依然惹是生非，你看我扒了你的皮！」

英國公實在不知道怎麼懲罰這個兒子，有心想要家法伺候，可是想到孫女婿們的存在，只能作罷。

若是事情鬧得太大，自己前些日子費心掩藏的真相被人知道了，就真的不好了。

阮寧華和蘭姨娘在底下連連磕頭，表示自己以後絕對不會再犯了。然後在阮清的攙扶下，回到自己曾經的院子。

英國公喝了口茶，壓下自己心中的怒火。

「林氏，妳剛剛沒有說話，對於寧華帶著蘭姨娘這事，妳怎麼看？」他想藉著這個機會，問問林氏的心裡話，也有試探的意思。

「媳婦沒有什麼想法，只要他們不危害媳婦肚子裡這個孩子，別的都不重要。」林氏表明態度，若是有人要危害這個孩子，她是絕對不會放任了的。

蘭姨娘這次回來還真沒有想對林氏動手，以往她想為兒子爭奪這個家業，可是阮謙病得不醒人事，現在她是打算毀了整個英國公府，這些家產、家業都不重要了，林氏肚裡那個孩子也不再是眼中釘。

英國公點了點頭，沒有多說什麼。

等到阮瀠將母親送回青鸞院，正好看到等在園子裡的阮清。

「三姊姊，可否移步說幾句話？」阮清算是用自己最誠懇的態度來面對阮瀠了。

阮瀠點了點頭，當然不會不給機會，她還想要看看阮清葫蘆裡到底賣什麼藥，而且在國公府，她還真不怕她耍什麼花招。

等到兩人去園子裡的花房，阮清示意跟著的人下去，才開始煽情地開口。「不知道姊姊記不記得，小時候咱們兩個冬日裡總在這裡玩耍，本來以為會是一輩子的好姊妹，沒想到我們現在形同陌路。」

阮瀠差點被阮清這番做作的表演噁心到吐了，不過還是忍住了，佯裝自己因為阮清這番話有了一些動容。

阮清看到自己這番話有效果，開始再接再厲。「妹妹知道這些年，因為嫉妒姊姊的美貌，還有姊姊所有的優待，做出了很多錯事，甚至差點害了姊姊的婚事，還有母親……這都是妹妹被豬油蒙了心，今日妹妹為了曾經所做的一切錯事給姊姊磕頭賠罪。」說著竟然結結實實地跪下，真的開始磕頭。

阮瀠眼神微動，看樣子阮清嫁進謝家，最大的長進就是變得能屈能伸呢！

看到阮瀠沒有什麼別的反應，阮清拿出自己早就準備好的道具——一把匕首。

「妹妹知道以前錯得離譜，也慶幸還好姊姊沒有受到傷害，今日妹妹願意以切膚之痛解姊姊心頭之恨！」

說完，阮清竟然開始割自己的手腕。

戲已經演到這裡，阮灤自然不能讓她真的將刀子用在自己身上，否則不知道會傳出什麼話。

「妹妹何必這樣，一家子姊妹，以前的事情過了就算了，妹妹既然已經知道錯了，姊姊也不會揪著不放，以後莫不要錯了主意，走上老路就是了！」

阮灤將人扶起來，一臉柔和的笑意。

「妹妹知道了。」阮清終於露出笑容，彷彿得到阮灤的諒解是一件多麼令人高興的事情。

事情都處理完了，阮灤就回自己的雅芙院。

由於今日這些討厭的人都在，阮灤不打算在府中用晚膳，和祁辰逸會合之後，兩人就告辭離開了。

過了幾日，阮灤收到阮清的帖子，邀請她去京城新開的一家酒樓吃飯，說裡面的招牌菜醉鴨是阮灤最喜歡的。

阮灤同意了，約定好明日一定會赴約。

既然自己的「好妹妹」這麼有誠意，她總不好不賞光。

第二日，豔陽高照，在冬日裡也是不常見的好天氣。

阮灤身穿一身華麗繡金線的月白色裙裳，身皮火紅的狐狸大氅，就帶著香衾出門了。

當然，跟著的人手並不如表面上那麼簡單。

此時在酒樓包廂之內，阮清和周依依爭執著。

「不是說了，讓人將阮瀠迷暈送到妳落腳的地方嗎？妳怎麼來這裡了？」阮清氣死了，這個周依依就是個沒腦子只會蠻幹的人。

「哼，本郡主沒有那個耐心，到時候路上再出岔子，我可就白冒險回來了。」周依依可不想理會阮清那彎彎繞繞的主意。

按照阮清的想法根本行不通，以阮瀠現在的身分，身邊怎麼會沒有保護的暗衛？若是被發現了，她可是一點機會都沒有了。

自從那天被阮瀠打了耳光，又在宮宴上鬧了那麼大的笑話之後，早就已經將周依依本來不多的理智給弄沒了。

那天她在宮宴上的行為，讓她遭受滿京城的嗤笑，雖然她以為是醉酒惹的禍，但若不是在園子裡挨了阮瀠那一巴掌，她也不會喝那麼多的酒水，所以她自然就將一切算在阮瀠的頭上，只有狠狠報復才能滅她心裡的火氣。

「妳……妳這樣子根本不行，到時候全京城都知道是妳所為，璟王爺和皇后是不會放過我們的！」阮清沒想到周依依現在給她弄這一齣，要知道是這樣的話，她才不會冒險以自己的名義將阮瀠約出來。

「妳怕什麼，本郡主又不是上去動武，只是將這個藥水灑在阮瀠的臉上，我自然不會讓她看到是誰所為。妳若是害怕，現在離開不就好了？」

她本來是想要阮瀠的性命，可是經過這次事件，她覺得讓一個人活著承受流言蜚語，比死了還難受。

一想到阮瀠再也無法露面，只要有人看到她的臉就會驚恐得大叫，祁辰逸不會再喜歡這個王妃，甚至會感覺到噁心，周依依就感覺到心裡有一種瘋狂的快樂。

阮清簡直要暈死過去了，人是她約出來的，她現在離開有什麼用？

可是這個周依依就像是瘋子一樣，她應該怎麼辦？早知道她不該和這樣一個瘋女人合作……

阮清打算先避出去，而此時阮瀠已經進了酒樓。

透過松音的探查，阮瀠已經知道阮清預定包廂中的情景：周依依矇著面，手裡握著一瓶藥水躲在門後，阮清則藏在那邊的轉角。

阮瀠倒是猜出周依依想要做什麼，卻一時之間沒有弄明白阮清這個行為的原因。

她依舊沈穩地邁上臺階，推開了門。

果然，躲在門後的周依依跳了出來，將瓶子裡的液體向阮瀠潑了過來！

在這一剎那，邪門的事情發生了，周依依一個沒站穩，瓶子中的液體竟然全數飛濺到她自己的臉上，接著就是周依依刺耳的尖叫聲。

阮清在這個時候衝出來，她也沒有什麼好辦法，只能裝傻。反正周依依是阮瀠得罪的，也沒有證據和她有關係。

「怎麼了？發生什麼事了？」

只見周依依捂著自己的臉哀嚎不已，那附面的黑巾完全黏在臉上，好似還有白煙冒出來。

阮瀠將目光投向在一旁裝無辜的阮清。「姊姊也不知道這房中怎麼有人，看樣子還圖謀不軌。」

她自然知道今日之事是怎麼回事。

「這……怎麼會這樣！妹妹只是出去更衣，就被人溜進來了。這……姊姊沒事吧？」阮清繼續撇清責任。

周依依已經痛得暈過去了。

「來人，有刺客想要謀害本王妃，將這個賊人抓起來，等她醒了再嚴加拷問，看看她有沒有什麼同夥？」阮瀠高聲說完，就有侍衛上來拿人。

阮清心中焦急，好在周依依現在暈過去了。

等到人帶下去了，阮瀠轉身看著阮清。「看樣子不能和妹妹相聚了，姊姊先回去了，這外面不安生，妹妹也早點回去才好。」

阮清點頭如搗蒜，她會趕快回去，想辦法讓周依依沒有辦法開口才是。

阮瀠回到王府的時候，特意讓人不用嚴加看管，還好心地給周依依請了大夫。

當那層蒙面的黑布被大夫從臉上撕下來的時候，整個臉都是血肉模糊，完全看不出這人的本來面目。

阮瀠雖然沒有去看那個場面，聽回來匯報的人一說，她心裡也不得不暗暗感嘆：這周依依也夠心狠手辣，只不過她準備的藥還是她自己來承受比較好。

阮清回武陵伯府，趕忙就去找謝詹。

謝家並不知道她和周依依合作這件事情，但她現在不得不去求助，因為周依依被帶到璟王府，萬一招出她來，她可真是無力迴天了。

謝詹聽到阮清出去闖下大禍也是火大。

這個女人就不能安生一天嗎？凝貴妃和四皇子剛剛倒臺，她就弄出么蛾子，這要是被別人知道了，還以為是七皇子針對璟王府，勢必會影響到今後的計劃，真是成事不足，敗事有餘！

謝詹又不能不管她，現在他們可是同一條船上的人，而且今後還有事情要她來做，所以只能忍下胸中的怒火。「這件事情我幫妳處理，妳今後給我安分點，若是再出去惹是生非，信不信我將妳的脖子擰斷！」

阮清點頭，她也是怕了，她次次想要算計阮瀠到頭來都是自己倒楣，她也不想要再做什麼了，等英國公府倒了，七皇子奪得皇位，阮瀠自然就沒有辦法和自己比了。

謝詹讓阮清滾回自己的院子，認命地出去安排善後的事情。

果然，周依依還沒醒來，就被人餵了啞藥。

等到她醒來，感受這臉上的劇痛，整張臉都被包上布條。她最清楚自己準備的藥水，她知道自己的臉毀了，她想要尖叫，可是只能發出嘶啞的聲音。

「放我出去，我是盛陽郡主……」周依依在裡面瘋狂地叫，可是門外只能聽到「啊啊啊」的聲音。

阮瀠得知有人對周依依下手，只是點了點頭。

看樣子阮清還是有些手段，而她之所以默許這件事情，畢竟還要留著阮清挑起七皇子和五皇子之間的鬥爭。

至於周依依，既然無法證明自己的身分，又是在大庭廣眾之下想要謀害璟王妃，沒有問出什麼來，自然就被交給京兆尹去處理，逃不過一個砍頭就是。

周依依被處斬那天都不敢相信，頂著一張恐怖的臉，無法說出一句話，會是自己最後的歸宿。

「娘，那個人好可怕，我害怕。」街邊的一個小女孩撲到自己母親的懷中。

周依依張開嘴吶喊。「你們不能殺我，我是盛陽郡主，我娘是公主，我不能死……」

可終究是人頭落地，最後被扔到亂葬崗。

就在同一天，孟修言終於不能忍受公主府縮頭烏龜的行徑，又去了一次公主府放話，若是不讓他進去，他就要去告官，讓衙門判定兩個人和離。

微月公主最近也是煩惱，將周依依連夜送到臨城，可是她竟然偷偷跑了。

這孩子從小就頑劣，這種事情也做過不少，所以微月公主倒不擔心她的安危，就怕她回京城惹出什麼事情來，到時候自己真的沒有辦法收場了。

這孟家又不依不饒，微月公主終於按捺耐不住，想著孟修言這個沒用的人還嫌棄自家女兒，忍不住放人進來。

孟修言到了公主府，沒有什麼多餘的話，就是一個要求：和離。

他知道，自己若是執意休妻，估計會得罪公主府，而且周依依沒準兒會做出什麼荒唐事來，所以只提出和離的條件。

「公主殿下，我與依依真的是沒什麼感情可言了，她是什麼性子，您應該心中有數，現在事情都傳開了，我想，任何一個男人都忍受不了這種事情，所以我想著就和離吧！」孟修言斟酌再三，最後還是拿出這個讓人無法反駁的理由。

微月公主本來還很生氣孟家不識抬舉，可是聽到孟修言這話，竟然有些不好意思了。

「修言，你不要聽外面的人亂傳，事情不是那樣子的，依依只是喝醉了，她那天被璟王妃欺負了，心情不好，所以才多喝了幾杯。」微月公主想試圖挽回，畢竟孟修言就是一個耳根子比較軟的人。

「公主殿下不必說了，修言現在出門都被人用異樣的眼光看，說我頂上綠油油的，這種恥辱我真的是不想再承受了，所以求公主成全！」孟修言一聽微月公主還想要遮掩，索性說出自己最近這段時間的遭遇。

「那……也要等依依回京呀！」微月公主有心拖延。

「公主若是不能成全，臣只能去求陛下做主了，畢竟當初是陛下為我們賜婚。」孟修言不得不使出威脅的招數。

微月公主看到孟修言這個態度，知道已經沒有轉圜餘地，心裡不痛快地點頭答應了。

當下，雙方就簽好和離的書契，兩個人以後男婚女嫁，各不想干。

孟修言走出公主府的時候就像是解除枷鎖一般暢快，他終於擺脫這個女人了。

想起在小院子等著自己的素心，他心裡充滿希望。等過些日子將楚兒扶正，他就找機會將素心接進府裡，兩個人就可以不用偷偷摸摸的了。

他要趕緊告訴素心，自己已經和離的好消息！

一想起自己到時候嬌妻美妾，這才是男人應該享受的齊人之福，至於功名利祿，他已經不再追求了，他得罪了英國公府，又因為和離的事情得罪了公主府，早就沒有什麼盼頭，想起前些時候那場夢，他現在只想過好自己的小日子。

誰知道，就連他這麼小的願望，都沒有那麼容易達到。

孟修言急匆匆去小院子，開門的人是一個身穿綠色的小丫鬟。

「爺來了……」小丫鬟看是自家爺，趕忙讓人進去。

「素心，告訴妳個好消息！」孟修言興致勃勃地進了屋子，看到白素心正背對著自己，雙肩微微抖動，一看就是在哭的樣子。

「怎麼了？」孟修言到跟前將她的身子轉過來，看到她果然正在默默垂淚，那眼淚珠子一顆顆就像天上最閃亮的星子。

白素心濕漉漉的眼睛是最像阮瀠的地方，還有身上那有些清冷的氣質，孟修言看到她這黯然神傷的樣子，心裡感覺到有一把刀在剜自己的心。

「沒什麼，素心只不過是……」白素心知道孟修言今日去公主府，八成那個刁蠻的郡主妻子將不會存在，這正是她最好的上位條件，她要趁著孟修言還沒有正妻的時候，將她接進府中，她的籌碼自然是肚子裡這個孩子！

「只是什麼？妳說呀，妳是要急死我嗎？」孟修言從來沒有看過她這個樣子，心裡十分著急。

「我只是想爹爹了，若是他知道我的孩子將來是一個私生子，他應該會怪我。嗚嗚……我還不如當初就跟爹爹去了。」白素心此時哭得越發凶，整個人身上的悲傷氣息，讓身邊的人也想跟著哭一場。

「妳別這樣說，我不會讓妳的孩子成為私生子。」孟修言看到她這樣就著急，隨口就保證，可是馬上他就意識到自己說了什麼。

「素心，妳的意思是……妳有了我的孩子對不對？」孟修言簡直要被這個好消息沖昏頭腦。

素心點了點頭，還是沒有止住哭泣。

「太好了，妳放心，我這就接妳回府，我……娶妳為平妻，我不會讓妳和孩子受委屈的。」孟修言隨即改變讓素心做妾的主意，自從上次作了那個夢之後，他現在心中對陳楚兒總有種說不出來的感覺，雖然他記著自己的承諾，但不代表他不可以娶一個平妻。

就在這個時候，屋外闖進來一個人。

正是他此刻心裡想的陳楚兒！

第三十五章

今日陳楚兒在家等著孟修言順利和離的好消息，綠繡就告訴她孟修言在外面安置了一個女人。

這種關鍵時候，她不希望別人來攪局，所以她沒有告訴孟母，就悄悄帶著綠繡來到自己曾經也住過一段時間的小院子。

綠繡制住這個院子裡的小丫鬟，陳楚兒直奔門前，就聽到剛剛兩個人的對話，簡直五雷轟頂。

表哥怎可以這麼對她！

等到她衝進屋子，看到眼前這個和阮瀠有些神似的女子，再也控制不住自己的情緒，上去就狠狠打這個女子。

「妳個賤人，妳勾引別人夫君，妳不知廉恥……」陳楚兒爆發出前所未有的驚人戰鬥力！

孟修言看著眼前的鬧劇一時之間不知道如何反應。他不知道陳楚兒為何出現在這裡，而且她素來柔弱，現在這個面目狠戾、下手俐落的女人，真的不是他認識的那個表妹了。

等到他反應過來上去拉扯陳楚兒的時候，白素心已經躺在地上，身下流淌出鮮紅的血液。

「陳楚兒，妳幹麼？」孟修言被那一抹紅色刺激到大聲怒吼出來。

「你問我幹什麼？我還想問你幹麼呢，堂堂狀元郎，幹的都是男盜女娼的事情！」陳楚兒也算是受夠了，她也是好人家的女兒，不是讓人這麼欺負的。

她好不容易逃出來周依依的魔掌，又要被一個不知來路的女子爬到頭上？

「你……」孟修言被陳楚兒這話刺激到了，轉手就是一個耳光，又看到沒有關上的院門外，已經圍了不少路人。

「這……地上那個躺著的女人估計是小產了，他們還這麼吵，不怕鬧出人命嗎？」一個住在附近的大嬸看到倒在地上的素心，心裡也是有些不忍。這個女子平時深入簡出，倒不是個招人煩的。

看到倒地的愛人，孟修言趕忙讓人去叫大夫，這時候他的貼身小廝買東西回來，立刻去找人。

可是一切已經晚了……

孟府廳中，孟修言肅穆著一張臉坐在上首。

「母親，今日說什麼我也不會原諒這個惡婦，她將素心的孩子弄掉了，那是您的孫子呀！素心只是一個可憐的女子，她怎這麼惡毒！」這時的孟修言感覺自己有點語無倫次，他心裡實在是太難受了。

前一秒他還在期待這個孩子的出生，剛剛體會到那種喜悅，下一秒就失去了。

「言兒，楚兒是衝動了些，她實在是太生氣了，也不是故意的。」孟母想要為自己的外甥女說項，雖然她也痛心這個孩子沒了，可是面對一個來路不明的女人，總不能為了她而讓楚兒被驅趕，畢竟楚兒對她還算孝順。

「母親，我說過了，她不僅傷害了素心，更害了那個孩子，更過分的是，她今日的行為讓兒子顏面掃地，妳知道有多少人看了兒子的笑話嗎？」孟修言一想到今日發生的事，簡直無法忍受。

況且白素心是他選中的女子，和周依依、陳楚兒都不一樣，她那麼美好又可憐，他一定要為她做主。

「姨母，表哥實在是狠心，表哥想要將那個外室女接回家為平妻，只想到她沒了孩子，難道表哥忘記了，楚兒的孩子是怎麼沒有的？」陳楚兒褪去剛才在小院子裡跋扈猙獰的樣子，又變得往常那般楚楚可憐。

孟母聽到這話，也在一旁附和。

孟修言也被堵得說不出話來，那件事是他對不起楚兒。

「老夫人容稟，奴婢有事情要報。」此時，綠繡終於找到說話的機會，跪在地上。接著綠繡說出自己曾經是陳楚兒身邊的貼身丫鬟紅珠，並將陳楚兒假孕的事情和當時的證據都抖出來。

「姨娘為了掩蓋自己假孕的事情，誣賴奴婢偷了東西，將我賣了出去！」

孟母和孟修言都被眼前發生的事情驚呆了，原來那個使阮家退親、讓他們無限愧疚的孩子，根本沒有存在過？

竟然是假的？

陳楚兒看到證據確鑿，根本沒有抵賴的機會，無力地癱倒在地上。

「母親，兒子絕對不會再容忍這樣惡毒、心機深沈的女子在我們家，我現在就寫一封放妾書，將她送回老家吧，讓他們陳家好好管一管這個毒婦。」

孟修言一想到自己一直被這個女子玩弄於股掌之間就生氣，因為她從中作梗，他失去了曾經最美好的親事和光明的未來，現在還因為她，失去了他真正的第一個孩子，他怎麼可能原諒她？

孟母聽到這些事情，也不知道如何為這個外甥女說情了。

是呀，兒子本來有那樣美好的前程，還有那樣品貌的未婚妻……

如今看著兒子的慘狀，不僅娶了一個帶來巨大恥辱的郡主，還仕途一事無成，今後沒有什麼希望，都是因為她一時憐憫納了這個外甥女給兒子為妾。

「真是家門不幸啊！」

最終被孟母放棄的陳楚兒，最後被送回陳家，本來就如虎狼一般的陳家怎麼容得下她？況且孟家母子都已經放棄了她，這都是後話。

孟修言經過這些事，徹底沒有在京城奮鬥的心，他怕被捲入接下來的皇位之爭，所以斟酌再三，說服孟母，賣了京城這所宅子，帶著一家老小回祖籍去，當然還有剛剛失去孩子的白素心。

這一年的正月十五元宵節並不是很熱鬧，由於宣帝沒有那個心思，鄭皇后還裝病，遂沒有大肆張羅的意思。

朝中眾人沒有這個期待，畢竟難忘的新年宮宴已經讓他們印象深刻，甚至說留下陰影。

就這樣，過了正月十五，祁辰逸和阮瀠又打算啟程回別院了。

前一階段的治療已經緩和許多，這次回別院，主要是為祁辰逸治療腿傷，沒有意外的話，祁辰逸的腿傷會痊癒。

鄭皇后知道他們要去別院，對於阮瀠能夠治好兒子的預感更加強烈，自然是樂見其成。

宣帝早就已經不把注意力放在這個殘腿的兒子身上，他想要去哪裡，他都沒有什麼想法，隨他罷了。加上經過凝貴妃的事件之後，不知道是不是心理作用，宣帝總懷疑自己中了什麼難以被探查出來的毒，所以最近身子也不舒暢。

至於五皇子和七皇子鬥得如火如荼，根本沒有人將心思放在這個不良於行的兄弟身上。

目前看起來最有機會奪得王位的兩位皇子，有著滿腹的鬥志，這邊今日定了太傅的庶孫女為側妃，那邊隔天就定了禮國公府嫡女為皇子妃，一個是文武齊備，一個是門第高貴，在岳家上也算是勢均力敵。

就讓這些人在京城攪動風雲吧！

祁辰逸和阮瀠如閒雲野鶴一般出行，隨行的人還是那些親信。

管家這次得到命令，一個月之後等到祁辰逸和阮瀠再回來，那些眼線、內奸都可以盡數鏟除了。

由於已經有過一次經驗，加之準備充分，這一次在別院的治療可以說是非常順利。

在新年的時候，吸收龍氣的松音不僅有了大機緣，空間也有一些變化，靈泉變得更加厲害，對祁辰逸的腿傷有非常強的修復療效。

原本以為需要一個月的時間才能治好，現在不到半個月就已經完全恢復了。

當祁辰逸康復的那一天，高興到不知道說什麼好，他抱起阮瀠，在院子裡轉著圈。

這次他沒有說謝謝，因為他知道阮瀠對他的救贖，不僅是自己的腿，還有他整個的人生。

他只有用餘生的真情去報答才夠，他在心裡暗暗承諾，這輩子絕對不會讓阮瀠再受一絲絲的傷害！

阮瀠自然十分興奮，雖然早就知道有這麼一天，可是看到祁辰逸能夠真正站在她面前，她不禁喜極而泣，這是她重生以來最為驕傲的事情，她的王爺再也不用困於那個冰冷的輪椅，而是能夠自由行走，去追尋美好的未來。

不過這麼久沒有行走，祁辰逸還是需要一些時間去適應重新走路的感覺。

等到一個月後，祁辰逸不僅行動便利，功夫也能夠完全施展出來。

也是時候該回京城，回到那個他們真正應該待的地方。

他們瞞著祁辰逸已經痊癒的消息，只有身邊跟著的親信幾人知曉。

誰都不會將他們璟王府放在眼裡，一個殘疾的王爺和一個健康的王爺，這兩者區別實在是太大了，現在京城的形勢非常混亂，他們也不需要去攪混這一池子的水，況且能扮豬吃老虎，是再好不過了。

之前總是被別人在背後算計，也是時候讓他們好好躲在背後享受坐山觀虎鬥的感覺了。

回城的時候，祁辰逸依然坐在馬車上被別人搬來搬去，可是，他再也不是那個被人議論的殘疾王爺了。

京城，我回來了……

回到王府的時候，阮瀠有些驚訝，不為別的，整個王府的氣象真的變了不少。看樣子管家在整理內務上費盡心思，而且沒有各處的眼線，王府的風氣也是煥然一新。

這次回來，祁辰逸打算讓阮瀠徹底接手王府內務，以往是管家和姚嬤嬤共同管理，現在這個王府有女主人了，他們要徹底在京城安定下來，自然要阮瀠來當家。

接下來的日子，阮瀠都在學習管家，好在有兩個得利的助手，還有薛嬤嬤這樣能幹的幫手，上手也是很快。

她漸漸將王府恢復成前世的樣子，按照自己的喜好改進一些，王府就更有家的溫暖。

祁辰逸也沒有閒著，雖然別人不知道他的腿徹底好了，可是他在慢慢收攏以往的一些勢力。

尤其是兵權，都是自己的嫡系力量，現在收攏回來也是得心應手。

而且祁辰逸與舅舅——鄭家的家主聯繫上，並透漏他的腿傷已經痊癒了。

有些事情還要外祖家出力，他們也贊成祁辰逸瞞著這件事，這樣他們就占有很大的先機。

畢竟現在京城的形勢真的挺緊張，五皇子和七皇子都在大肆收攏自己的勢力。

五皇子在兵部尚書的支持下，收攏不少軍隊的力量，也有不少文臣支持他，因為太傅家和五皇子綁在同一條船上。

七皇子那邊也不差，謝儈娶了常勝將軍的嫡女，自然得到不少武將的支持，禮國公府在朝中也有著盤根錯節的勢力。

除了像英國公府這樣的中立勢力，還有一些和鄭家牽扯深的家族，剩下的勢力大多都在短時間被兩位皇子收為己用。

由於形勢逐漸陷入膠著，現在兩家都惦記著英國公府的勢力，可以說，只要誰吃下這塊大餅，誰就可以說是有了絕對優勢。

英國公府可算是群狼環視。

就是在這樣的形勢下，林氏將要生產了。

天氣越來越暖和，這天林氏用過晚膳，在院子裡散步就感覺到自己的肚子傳來陣痛，然後就感覺到身下有溫熱的液體流淌下來。

「林嬤嬤，我好像要生了……」

接著青鸞院就騷動了起來。

阮瀠很快得到了消息，趕忙收拾好，和祁辰逸一起登上馬車，奔向英國公府。

「不要怕，岳母會沒事的，妳也知道她的身體狀況。」祁辰逸見阮瀠剛剛還鎮定自若地收拾好自己，現在卻感覺到人有些過於沈默。

阮瀠沒有想到這時候自己竟然會這麼害怕，前世這孩子因為遭蘭姨娘毒手，根本沒有機會出生，今生她為了迎接這個孩子做了不少準備，現在娘親身子健康，要順利生下孩子根本沒有問題，但她就是莫名緊張，可能是太在乎了吧！

「嗯，母親會平安生下孩子的。」阮瀠給自己打氣。

到了英國公府，阮瀠趕忙進產房去看林氏，看到一切正常，終於放心下來，最重要的是，松音已經保證這個孩子不出半個時辰一定會生下來。

回到外間，看到祖母和渣爹竟然都等在這裡，祖父匆匆趕來，可以說一家子為了迎接這個好不容易盼來的國公府嫡子，也是十分積極。

只不過渣爹那滿不在乎的樣子，看起來還是有些礙眼。

眼下這情形，也不是計較這些的時候，反正渣爹一直以來就是這樣，今日到場八成是為了在祖父、祖母面前刷好感，自然沒有什麼真情實感在裡面。

另一邊蘭姨娘的院子裡，一個身穿灰褐色衣衫的男子藉著夜色，翻牆而入。

「你總算是來了，一家子都在林氏的院裡等著她生孩子呢！我剛剛讓人去探查過，國公爺也去那邊了，現在正是最好的時機。」蘭姨娘看到來人，一顆撲通亂跳的心總算是安定下來，她到底是一介婦孺，還是有些害怕。

「妳做得很好，我會將妳的功勞記下，到時候事情辦成了，妳和咱們的孩子一定都有一個好前程。」來人正是蘭姨娘的姦夫，他是五皇子最得力的手下，看到蘭姨娘這次事情辦得靠譜，很是讚賞她，還許下未來的承諾。

時候不早了，誰知道林氏什麼時候生完孩子，於是兩個人抓緊時機偷偷出了院子，奔向英國公的書房。

不得不說，蘭姨娘這個時機選得很妙，國公府上下都沈浸在那種喜悅之中，管理鬆懈很多，可是不代表這一切都沒人知曉。

祁辰逸的手下就發現這件事情，可是也記得主子的交代，並沒有打草驚蛇。

那個男人身手不錯，沒有驚動任何人就摸進書房，將東西順利放在裡面。

等他在蘭姨娘的掩護下離開國公府的時候，都沒有驚動國公府的守衛。

蘭姨娘終於放下一直懸著的心，事情終於順利辦完了，她只要安心等待時機到來，整個國公府分崩離析，她就可以帶著兒子和肚裡的孩子遠走高飛，享受數不盡的榮華富貴，不用再跟著阮寧華這個只知道風花雪月、連孩子都保護不好的沒用男人。

另一廂，祁辰逸也接到消息，忍住現在就和英國公透露這件事情的想法。

現在這個時候，他最應該陪在阮瀠身邊，即便他們都知道林氏生產應該不會出什麼差錯。

不過一刻鐘，屋內響起嬰兒響亮的啼哭聲，接生婆抱著一個裹著紅布的嬰孩出來。

「恭喜國公爺、國公夫人、世子爺，是個小公子！」接生婆知道這個孩子是國公府世子唯一的嫡子，自己這一次肯定會得到很多賞錢，所以整張臉笑得格外喜慶。

「好！太好了！賞，只要是伺候的人都重重有賞！」英國公是真的很高興，這個孩子算是國公府的新希望。

老夫人這時候也進了產房，去探望因生產而受罪的林氏。

「太好了，瀠兒，妳有弟弟了，今後妳在王府也有依靠了。」

林氏就是一個傳統的女子，她始終認為只有娘家有人撐腰，女人在婆家才有底氣。

英國公府雖然很強大，可是國公爺都這個歲數了，阮寧華又是指望不上，現在林氏生了一個嫡子，一定會好好教導他，這以後就是阮瀠的依仗。

阮瀠雖然在心中根本沒有依靠別人的想法，在前世她最大的感悟是唯有自己最可靠，但她也笑盈盈地點了點頭，同樣為此高興。

渣爹那樣不靠譜，有了弟弟，娘親才是真的有依靠。

第三十六章

此時，祁辰逸終於找到機會和英國公單獨說話。兩個人走到林氏那邊的廂房，因為有人看著，也不怕被別人偷聽。

「剛剛蘭姨娘引人進來，偷偷在您的書房放了些東西。」祁辰逸如實告知。

英國公虎目圓睜，他知道蘭姨娘是個不安分的人，可是也沒想到這個女人會如此大膽。他自然不會懷疑祁辰逸的話，這個孩子本身天賦極高，無論是智謀還是武功都是最佳，只不過被奸人謀害，真是可惜了。

「我知道了，今晚我會去看看到底是什麼東西。你可知那是誰的人？」英國公當然知道賊人偷偷放進來的東西，八成是會要人命，就是不知道那個賤人究竟是被誰收買了。

「是五皇子，他早在岳父和蘭姨娘待雲城的時候，就已經和蘭姨娘勾結，甚至蘭姨娘肚裡那個孩子，就是那個男子的。」祁辰逸順勢將事情全盤托出，現在形勢已經越發混亂，總不能不讓英國公府有所防範，再說了，英國公也是絕對信得過的人。

「哼，豈有此理！」一想到這些人竟然如此無恥，而這個兒子還傻傻袒護那個已經完全背叛的女子，英國公就怒從心中起，不過眼下他也知道並不是發怒的時候。

既然祁辰逸早就知道蘭姨娘被人利用，還放她回京，他也猜出祁辰逸應該是有什麼打算。

英國公在戰場打仗是好手，可是在謀算上確實不擅長，此時他也想知道，祁辰逸到底有什麼盤算。

「這件事，你打算怎麼做？」英國公神色認真地問道。

「還有一件事情，本來五皇子那邊也接觸過阮清，可是被謝家發現了，現在阮清還和五皇子那邊保持聯繫，實際上已經是七皇子那邊的人了。」

祁辰逸又爆料一個消息，英國公沒想到阮清竟然也是這樣，她身上可是流著阮家的血，就算這一年他沒有管她，她畢竟是阮家養大的，而且做了那麼多錯事，他也沒有追究到底，到頭來她還是背叛了家族，看樣子是他以前太慈愛了。

「既然這對母女都有要危害國公府的意思，不如就來個引蛇出洞，到時候咱們也可以將這些魑魅魍魎一網打盡。」祁辰逸看著英國公的神情，還是將他和阮瀠的打算說了出來。

「嗯，你們的想法很好。」英國公聽著祁辰逸的打算，想明白其中的關鍵。

有些事情只有搬上檯面才能終止一切，否則這些人對國公府虎視眈眈，他們也沒有太平日子。至於那兩個背叛家族的人，他也不會留情面就是了。

這兩個人將不是英國公府的人！

兩人商量好這些事情，都面色如常地出來。

阮瀠看到林氏一切都好，天色也晚了，林氏還要好好休息，就和祁辰逸一起回王府。

當天夜裡，英國公已經知道那個賊人放進書房的東西是何物——他和北蠻皇室的來往信件，還有一件龍袍！

想著自己這一輩子為大雍兢兢業業，鞠躬盡瘁，征戰沙場，最後竟然被人陷害通敵賣國！

看著桌上這些東西，英國公胸口燃燒的都是怒火。可是他想起祁辰逸的打算，努力壓抑著想要掐死蘭姨娘和五皇子的心思。

接下來的幾天，祁辰逸就將這包東西替換上他們為五皇子精心準備的大禮。

七皇子也不想要再等了，他們從阮清那邊得到消息，到時候五皇子這邊需要阮清配合，指證英國公通敵賣國，想來是已經準備要動手了。

現在就是誰下手得早，誰就能夠得到好處。

雖然不知道五皇子到底做了什麼安排，不過到時候只要搜查一番，自然就能夠知曉情況了。

他們決定在阮瀠弟弟洗三這天出手——到時候英國公不會上朝，他們只要在早朝揭露這件事，一定會讓英國公府措手不及，再渲染得滿京城皆知，英國公府就沒有任何機會翻盤了！

就這樣，在洗三禮這天，七皇子在朝堂上當著文武百官的面，揭露英國公通敵賣國的事情，並且帶來有力的證人——英國公府的庶出女，阮清。

宣帝聽到自己素來賢良的兒子指認英國公府，也是來了精神。

這些年英國公府在武將中影響力日漸強大，宣帝早就有心鏟除，只不過英國公府的人行事素來穩妥，而且還要指望阮家子弟保衛北疆，所以他遲遲沒有動手。現在英國公自家孫女出來指認，也算是瞌睡來了有人送枕頭。

五皇子這邊當場有些傻眼，當初他們聯繫阮清，就是為了讓英國公府自己人出來指認。而今看到阮清站在七皇子那邊，五皇子這才知道阮清叛變了。

好在自己的安排沒有吐露給這個女人，看看他們有什麼別的辦法！

「妳有什麼證據就來指證英國公府？英國公可是我朝的肱骨之臣，妳若是有一句假話，可知道自己的下場？」宣帝坐直身子，看著底下的女子。

阮清恭敬地跪在地上。「啟稟陛下，民女是英國公府世子阮寧華的次女，民女上次回家的時候在府中發現可疑的外族人出入，才知道祖父竟然背叛了朝廷。可是祖父實在謹慎，民女並不知道證據所藏的地方，不過想來就在府中，陛下若是不信，一搜便知。」

話語雖然有些含糊，但這是上位者想要聽的，所以宣帝表現出憤怒。

底下眾臣聽見這個突然出現在朝堂上的女子，一上來就指控英國公叛國，也覺得不可思議，很多良臣馬上為英國公擔保或者是站出來駁斥阮清。

七皇子早就想到了這個情形，讓自己這邊的言官出來說話。

「啟稟陛下，這個女子雖然語焉不詳，可畢竟事關英國公的聲譽，不妨就搜一搜，若是真的查不出什麼來，也可以還英國公一個清白，堵住眾人的悠悠之口。」言官這話明面上向著英國公府，實際上眾人皆知其心思。

宣帝也是順著臺階就下來。他雖然能察覺兒子的小心思，但若不抓住這麼好的機會，以後想要辦就難了。

五皇子這裡簡直要嘔死了，這個賤女人怎麼知道東西在國公府？難道是她那個姨娘告訴她的？

他苦心籌謀那麼久，沒想到事到臨頭，竟然讓七皇子那邊占了先機。

宣帝一說要人去搜查，五皇子這邊就自告奮勇去帶隊，而七皇子看到他不甘心還想要蹦躂的樣子，自然是出言阻止。

五皇子此時心裡不痛快，甚至有股衝動，反正現在皇宮守衛都已經換上自己人，京城的守衛也是自己這一派，若是今日老七真的得到巨大的好處，就殺了他！

想到這裡，五皇子已經跟手下暗中溝通了。最好是自己這邊的人射殺七皇子，裝作是英國公府動手也未嘗不可，到時候還是自己一枝獨秀。

不得不說，五皇子還是那個性子，這次布局不是他自己的主意，是謀士幫忙策劃的，所以一發生改變，他的第一反應還是直接蠻幹……

宣帝可沒有心思看這兩兄弟爭執，便派了大理寺卿去英國公府走一趟。

「若是找到什麼東西，萬不可對英國公動粗，朕要親自問問他。」到了這個時候，宣帝還不忘表現一下自己的仁愛，而那目光中閃耀的東西，怎麼看都是幸災樂禍。

大理寺卿帶人來到英國公府的時候，正是阮珍剛剛洗三禮結束，眾人正在廳中等著吃宴席，官兵就進來了。

英國公在座位上沒有要起來的意思，今日的事情他已經心知肚明，只要按照劇情繼續演下去就好了。

「張大人，此時到寒舍，不知道可是本官做了什麼事情？」英國公滿臉正氣，沒有半點想要客套的意思。

「英國公，今日早朝您的庶孫女在大殿上指認您通敵賣國有不臣之心，陛下責令下官來調查……」

張大人有些被壓制住氣焰，畢竟英國公是上陣殺敵的勇士，身上那種氣場確實有些駭人。

「哼，既然如此，張大人就請吧！在座各位也看到了，大理寺來辦案，不方便招待大家了，等小孫滿月再請各位過府喝酒！」英國公有些憋氣，他知道自己被人算計，可是小孫子的洗三禮就這樣被攪和了，實在讓他心裡很不痛快。

眾人雖然震驚，可是也不能留在這裡，全都散了。

張大人的手下已經開始搜查，不多久就從英國公書房裡搜到一些東西，尤其是明晃晃的龍袍……

張大人心裡也是震驚，他沒想到英國公竟然真的有這樣的心思，也沒敢多看，叫人拿好這東西，轉身就要帶英國公回皇宮。當然跟著的人也是嚴陣以待，就怕英國公掙扎起來，到時候根本沒辦法擒住他。

「國公爺，請吧！陛下還下旨讓我們不能對您動粗，所以希望您配合一些。」張大人這時候的口氣可不像剛剛那麼客氣。

英國公點點頭，不管家中女眷的惶恐，只是和老夫人對視了一眼。他沒有將這些事情告訴妻子，不過他知道這個女人會守好自己的家，而且阮瀠也在。

張大人帶著英國公回去赴命，並派人守著英國公府。

這些家眷可一個也不能跑，通敵賣國可是重罪，任你是誰都是抄家、株連九族。

一路上，英國公並沒有什麼過激行為，就連話也沒有多說半句，彷彿自己不是罪行被人發現壓去認罪，反而是被人伴著去上朝的樣子。

張大人在前頭暗暗警惕，英國公面無表情的樣子，是不是已經想好要怎麼逃跑了？他們這些人應該能攔住的吧？

等到了聖乾宮，張大人才放心，微微擦了擦額頭上過於緊張而出的汗水，帶著英國公走上殿前。

「臣參見陛下。」英國公入得殿內，規規矩矩地行了禮。

宣帝還是和以往一樣客氣。「英國公，你的孫女今日到朕這裡狀告你，朕也是迫於無奈才讓張顯去你府上搜查一番，好證明你的清白。」

張顯手上提著一包東西，在證據沒有揭露之前，他不能不給英國公這個面子，畢竟他在武將之中地位非同小可，他兒子還在邊關執掌二十萬大軍。

「陛下，這人確實是臣的孫女，臣素來待她不薄，卻沒有想到她竟然誣告臣，臣今日在這個殿上和這個女人斷絕關係，她再也不是我們英國公府的人。」英國公看著跪在一旁的阮清，無情地說道。

宣帝根本沒有心思去斷這個官司，眼下他最關注的是張顯到底在英國公府搜出了什麼東西。

七皇子這邊也是著急。「父皇，謝詹的妾室到底有沒有誣告這件事還是很好判斷的，張大人已經搜到了物證。」

五皇子看到熟悉的包裹，就知道自己完全是替別人做嫁衣，心裡非常惱怒。

張顯知道此時是自己出場的時候。「啟稟陛下，這是在英國公府上搜查到的，臣不敢細看，但是這裡面應該是一些往來書信，還有一件龍袍。」

宣帝聽到「龍袍」的時候已經皺起眉頭。

七皇子勃然大怒。「放肆！阮臨淵你實在大膽，竟然真的做出背叛我朝，還想要取代父皇。看來父皇對待你們英國公府太仁慈了，才讓你有這樣的野心，現在人證物證俱在，你還有什麼好抵賴的？」

七皇子簡直太興奮了，五皇兄這一招實在是妙，他不用出什麼力就能夠撿個現成的便宜。

宣帝彷彿痛心疾首地質問英國公。「英國公，你為何會……你簡直讓朕太失望了！

朕自問待你不薄，高官厚祿，爵位哪一樣沒有給你，你還有什麼不滿意的，竟然通敵賣國？」

他倒是沒有像七皇子那樣怒罵，反而讓更多朝臣看見自己有多麼委屈。

英國公看著這對父子一唱一和，心裡只覺得可笑，他為之賣命的人連證據都沒有仔細看過，就要給他定下這樣的罪名，嘴臉未免太難看了些，他真的是懶得和他們糾纏下去。

「陛下，您可能誤會了，張大人手中那些東西可並不是微臣的，有那不臣之心的也並不是微臣。」英國公此時終於開口。

七皇子當然知道那東西不是阮臨淵的，是五皇子安排人放的嘛！不過這有什麼關係，只要東西在英國公府裡找到的就好。

「哼！英國公，都已經鐵證如山容不得你抵賴，父皇您就讓張大人將東西展現給在場各位看看，到底是不是英國公做的好事。」七皇子此時異常正義凜然。

張顯看到宣帝點了頭，將包裹打開，先展示出那件龍袍。

「怎麼樣，這是龍袍吧？你還有什麼要抵賴的！」七皇子頓時叫囂起來。

今日的七皇子，性格和往常很不一樣——這裡面自然有孔雙兒的手段。

原來孔雙兒將七皇子要使用的計謀傳遞給阮瀠，阮瀠就讓孔雙兒給他服用一種藥水；倒不是什麼毒藥，只是會讓人暴露本性。

英國公哈哈一笑。「在場各位睜大眼睛好好看看，這龍袍袖口繡的可不是我的名字。」

在場眾人仔細一看，果然，袖口繡著祁辰廉——正是五皇子的名字。

五皇子頓時跳腳，這怎麼可能是自己的名字！

英國公此時終於找回自己的主場。「大家再看看那往來的書信，是不是五皇子的筆跡？這明明是五皇子與敵國的通信，為的就是得到幫助，早日奪得皇位罷了。」

眾臣一看，確實如英國公所說的這樣，真的都是五皇子做的。

「這不可能，這一定是有人在陷害兒臣！」五皇子趕忙喊冤，現在已經反應過來到底是怎麼回事了。

也許老七想要針對的人根本不是英國公，而是他才對。這能說得通，阮清是蘭姨娘的女兒，最有機會使出這些手段。

七皇子也是傻眼了，現在到底是什麼狀況……

不過眼下的情景對他也是有利，只要五皇子倒了，那他還針對英國公府做什麼？

宣帝也是愣住了，這局面怎麼會變成這樣？

看著自己兒子在下面喊冤，這物證擺在這裡了，他到底應該相信誰？

此時英國公才將原委解釋清楚了。「臣早就發現了五皇子的野心，最近這些日子，五皇子不僅通敵賣國，而且結黨營私，在朝堂上大肆拉攏黨羽，這些東西也是臣秘密得到的，可是臣覺得自己貿然拿出這些東西，會被說成做假證誣賴五皇子，哪裡想到七皇子誤會了……」

英國公說著搖了搖頭，一副自己也很無奈的樣子。

「原來是這樣，兒臣也以為是英國公做了錯事，沒想到竟然是五皇兄。五皇兄你怎麼能有這樣的想法！」七皇子順著這個臺階而下。

「你！你們……你們肯定合夥想要陷害本皇子！父皇，你不要聽信他們的一面之詞！」五皇子心裡大怒，這個老七不僅搶了自己功勞，現在還想要給自己扣屎盆子。

「是你自己不小心被人抓到把柄，就不要狡辯了，你就等著被父皇處死吧！只要你死了，父皇這個位置就是我的了，你別想要和我爭！」七皇子得意忘形，看著五皇子跪在地上苦求的慘狀，終於不再收斂自己的野心，將內心想法說了出來。

頓時滿堂譁然。

這七皇子到底在胡言亂語什麼？

七皇子終於醒過神來，反應到自己說了什麼。

這怎麼會呢？自己一向謹慎，怎麼會將心裡話都暴露出來了？

宣帝氣死了。兒子們都大了，有自己的小心思，可是這麼赤裸裸想要爭奪這個位置，是當自己死了吧？

「你們兩個逆子，一個通敵賣國，一個妄圖朕的皇位，沒有一個好的！來人，將他們兩個拖下去天牢，以後朕沒有這兩個兒子。」宣帝無論如何也無法容忍有人惦記著自己屁股下這把椅子。

形勢瞬息萬變，兩位皇子沒想到一會兒，他們竟然不是皇子，還要被下大獄？七皇子頓時癱軟在地。明明形勢大好，本來能收穫勝利的果實，可是他怎麼會在大庭廣眾之下說錯了話？

五皇子卻接受眼前的現實，今天的一切都是一場陰謀，由誰主導已經不重要了。不過他並不服輸，他不是毫無準備，既然父皇已經不相信他，那麼他也無須再忍。他一個眼色，皇宮中的侍衛們頓時倒戈相向。

五皇子不在地上跪著。「父皇既然不認兒子了，就不要怪兒子不孝順，橫豎父皇不相信兒子，那麼兒子就真的篡位吧！」

說完，他擺了擺手，侍衛進來將大殿團團圍住。

「你……你這個逆子要造反，是不是？你大膽！」宣帝看著宮中守衛拿著武器對著自己，想要叫御林軍前來護駕。

「父皇還是別掙扎的好，現在京城和宮中大部分人都只聽命於兒臣，本來這些人不是要對付父皇，可父皇這樣無情，那就不要怪兒子了，給我殺！」

五皇子凶狠地叫囂，既然已經邁出這一步，他只能成功不許失敗。

殿內一片混亂。

宣帝被亂箭射中了胸口，一眾大臣也有所傷亡。

英國公在奮力抵抗，好在他功夫了得，一時之間還應付得過來。

七皇子卻嚇傻了，怎麼也沒想到五皇兄如此膽大，這樣就造反了？

當他失神的時候，五皇子便乘機解決他。

七皇子到臨死前也沒想明白，今日這事情到底怎麼變成如此混亂的地步。

刀劍相擊的聲音由遠至近，五皇子還以為是自己的人在絞殺抵抗的人，卻不想是祁辰逸帶著自己的精銳部隊殺上來。

「五皇子謀逆殺父，不仁不孝，亂臣賊子，人人得而誅之，給我殺！」殿內眾人都驚呆了。

那個一身鎧甲在中間指揮的是璟王爺？

可是他的腿……

他們還沒有時間細想，形勢就發生巨大的變化。

剛才還對著他們伸出爪牙的皇宮侍衛和羽林軍，此時就像棉絮一般不堪一擊，短時間內就被人拿下。

也是，這些久居皇城的侍衛哪裡是祁辰逸手下的對手？

「這怎麼可能？本殿下京城的人馬……」五皇子不肯承認自己的失敗。

「你的人盡數伏誅，你這種亂臣賊子，還妄想得到庇佑嗎？」祁辰逸嘲諷著五皇子的不自量力。

「你……」

五皇子還想要說什麼，就已經被祁辰逸的人拿下，堵了嘴。

這時候，偷躲起來的阮清悄悄撲過來，手裡拿著一根簪子。

看到已經能站起來的祁辰逸，她知道自己這個背叛英國公府的人，絕沒有活下去的可能。

可是她不甘心，憑什麼自己嫁的就是個人渣，處處利用自己，而阮瀠明明嫁給一個瘸子，他竟然還好了？

她要殺了他，讓阮瀠也嚐嚐痛不欲生的滋味！

怎料，還沒有到近前，阮清一個不小心栽倒下去，手中簪子朝著自己眼睛穿了過去。

這自然是松音的功勞，她最近修為恢復九成，已經能夠短暫離開阮瀠。今日她知道祁辰逸來平定叛亂，怕有什麼意外，所以就跟來了。

祁辰逸看到背後出現的人，還沒有接觸到自己就倒下了，淒慘的尖叫響起。

這是……報應？

那一日，阮清被帶下去了，英國公回府也處理了蘭姨娘。

阮寧華當然是奮力阻止，但是當蘭姨娘勾結外人並且與人通姦懷上孩子的證據擺在他面前的時候，阮寧華承受不住這個打擊竟然發瘋了。

英國公經歷這些事情也有些領悟，有些時候親人之間也是要看緣分；有親緣但無分也不能強求……

好在有阮珍的存在，讓大家感覺到新生的喜悅。

即便過去一些日子，聖乾宮大殿上仍然瀰漫著血腥味。

因為五皇子祁辰廉突如其來的兵變，當朝皇帝宣帝駕崩了。

成年皇子死的死、圈禁的圈禁、下天牢的下天牢，只有祁辰逸作為中宮皇后的嫡子最有資格繼承皇位。

祁辰逸曾經為朝廷立下汗馬功勞，這次又是他平定五皇子的叛變，尤其桎梏他的腿傷已經完全好了，沒有人能夠置喙他登上皇位這件事。

祁辰逸在登基大典上，冊封英國公的嫡孫女阮瀠為皇后，並當場宣告自己此生只有一妻，永不相負！

在場大臣本來還打算過一陣子向皇上提選秀事宜，卻不承想日後沒有機會了。誰能料想到，殘廢的祁辰逸有站起來的一天，還能成為一國之主？反而是阮瀠這個訂過親的人撿了這個便宜，眾人悔得腸子都青了。

而阮瀠站在祁辰逸身邊接受眾臣朝拜，聽到他宣告永不相負的時候，真的感覺到自己此生至高的幸福，一切付出都是值得的，她的重生也是有價值的。

當天晚上，帝后共同在兩人的華宸宮安寢。

在祁辰逸逐漸入眠之後，阮瀠聽到松音的呼喚。

像以往一樣，阮瀠用了讓人安眠的香包，見祁辰逸睡得特別熟，她才進了空間。

一進空間，阮瀠就看到松音站在那裡等著自己。

「怎麼了，松音？」阮瀠這陣子太忙碌有些忽略這孩子了。

「娘親，今夜之後松音就會變成妳肚裡那個寶寶啦……」松音有些高興也有些不捨，自己投生之後將失去這些記憶。

阮瀠也是捨不得，不過想著松音並沒有離開，而是換一種方式留在自己身邊，她將松音抱在懷裡中。

「寶貝，歡迎妳來娘親和爹爹的世界！」

這一夜，母女倆珍惜這最後的時間，說了好多話。

第二日，祁辰逸起身的時候，以異樣的目光看著阮瀠。

「怎麼了？」阮瀠很了解祁辰逸的每一個動作，一邊幫他整理朝服，一邊問道。

「我昨天晚上作了一個古怪的夢……」

祁辰逸看著阮瀠，她幫他整理衣衫的容顏，這個角度和夢裡那個阿默一模一樣。

他記得夢裡的自己依然殘著腿，卻靠著自己的努力成為攝政王……

他身邊有一個安靜陪著的侍女叫阿默……

他已經準備好要給阿默一個盛大的成親禮，卻在秘密籌備的時候遭到刺殺，阿默為了替他擋流箭而亡，這一死帶走了兩人的骨肉。

夢中的他都沒有機會告訴她，他愛她，最終他也自我放逐了……

後悔真的是人世間最讓人痛不欲生的滋味！

「一個夢罷了，陛下不要放在心上。」阮瀠知道這個夢一定觸動了祁辰逸什麼，也許是和她有關，不過終究是一個夢，現在的生活才是真的。

「是呀！」祁辰逸將阮瀠抱在懷裡。

他現在每天都在感謝上天將阮瀠還給他！

十個月後，當今皇后生下長公主祁松音，帝后寵其如珠如寶。

——全書完

2022年3月出版

飯香滿門

文創風 1045～1047

一兩為媒，從此他的一日三餐都有人管著啦。
山珍海味不稀罕，這輩子，他只吃她煮的飯！

夫諾千金，妻有獨鍾／紫朱

穿越到古代便跟親哥哥失散，被迫賣身為奴，傅胭無奈當起伺候人的小丫頭，
雖有主家小姐護著，但她最大的心願是攢夠銀兩贖身出府，自由第一啊～～
孰料美色惹得少爺垂涎，眼看要伸狼爪納她為妾，只得找個夫君匆匆出嫁避禍，
但嬤嬤挑來的人選讓她傻了眼，這蕭烈不就是她拿一兩銀子周濟過的獵戶嗎？!
昔年她上街瞧見他為幼弟藥錢犯愁，偷偷拜託嬤嬤幫忙，才把小傢伙的命撿回來。
聽聞蕭家人口簡單，卻是窮得家徒四壁，光靠蕭烈打獵賺來的銀子才勉強度日，
可蕭烈不畏流言上門迎娶，她也沒有退路，乾脆蓋上紅蓋頭賭一把，嫁他了！
成親當天，五歲小叔喊她大嫂的萌樣簡直要融化她，原來有家人的感覺這麼好，
待在主家十餘年的她精通廚藝和繡藝，加上蕭烈的身手，都是賺錢的好營生，
難道兩個大人還養不起一個小包子啊？蕭家吃飽穿暖的小日子，包在她身上吧！

漁家有女初長成，一身廚藝眾人驚／元喵

2022年3月出版

小漁娘大發威

爹娘不僅相信她的廚藝是夢中一個老神仙傳授的，
對於她想改善家境所出的主意也都點頭同意，
甚至連她要招贅這種事都毫不猶豫地答應了，
這……說他們不是一家人，誰信啊？
從今以後，她就是他們的女兒沒錯，親生的！

文創風 1041 1

説起來，老天爺待她黎湘確實是有那麼一點點不公的，
從小她就失去親人，如今又是胃癌末期，眼看著生命就要到頭了，
沒想到在急救失敗睜眼後，她竟成了個剛被人從水裡撈起來的小姑娘！
所以説，上天也覺得對她很壞，讓她重活一次嗎？但讓她變成古人是哪招？
而且她一個對甲殼類食物過敏的人卻穿成小漁娘，確定這不是在整她嗎？
也罷，既來之則安之，幸好她擁有好廚藝，開間小館子過活應該不成問題，
豈料這小漁娘家太窮了，不僅窮，還負債累累，欠了村中過半人家的錢！
這個家如今連吃塊肉都不容易，哪來的錢開館子？得想法子先掙錢才行啊！

文創風 1042 2

黎湘又驚又喜，因為這小漁娘的身體對甲殼類食物不會過敏，
這代表什麼？代表她夢寐以求的各類蝦蟹貝終於可以盡情開吃了啊！
村人都説毛蟹有毒，但那八成是沒弄熟，上吐下瀉後又沒錢醫才會死一堆人，
且她是誰？她可是手藝一流的廚師耶，經手過的菜餚就沒有不熟、難吃的，
眼下是蟹正肥的時候，她打算買來大量毛蟹，把禿黃油和蟹黃醬先做出來！
不管是拌飯、拌麵，或是當成饅頭、餅類的抹醬，這兩大醬根本打遍天下無敵手，
她已經看見錢在對她招手了，問題是，她得先説服爹娘掏點錢讓她買材料呀，
如果謊稱她落水昏睡時夢到一個老頭非要傳授她廚藝，不知會不會太扯？

文創風 1043 3

真不是黎湘自誇，她做的蟹醬根本輾壓這時代一些滋味普通的昂貴肉醬，
靠著這個，她發了筆小財，還上城裡賣起包子配方，賺到了開館子的本錢，
雖説她目前還只是個小漁娘，但她不會一直窮下去，未來可是要開大酒樓的，
不過眼前有件棘手的事得先解決，這時代的字長得太奇怪，她完全看不懂，
要做生意的人，卻是個妥妥的文盲，就連簽個契約都得請人幫看，多沒保障，
幸好，她偶然發現身邊就有個能讀會寫的，便是鄰居伍家的四子伍乘風，
這四哥也是個絕世小可憐，自出生起家裡對他的打罵就沒少過，
每天去碼頭扛貨，賺錢上繳親娘還吃不飽、穿不暖、睡柴房，壓根兒撿來的吧？
……等等，那他哪來的錢讀書識字？看來他也並非她以為的愚孝受氣包嘛！

文創風 1044 4 完

失蹤多年的親哥回來、酒樓生意極好，黎湘很滿意這闔家團圓又錢多多的生活，
真要説的話，確實是還有個小遺憾，就是她的終身大事，
倒不是她想嫁人了，而是她不想嫁，但卻不得不成親啊！
原來這朝代有規定，女子年滿二十還未婚會被官府直接許配人，
可古代女子嫁人後受限太多，她實在無法忍受關在後院伺候一家老小的生活，
若運氣壞點，再遇上伍乘風他娘那樣的惡婆婆，那日子真是沒法兒過了，
所以她幹麼要嫁人？要也是委屈一下招個贅婿回來，乖乖聽自己的話啊！
欸不是，她説要招贅，四哥一臉開心、躍躍欲試是為何？

風 文創
1057

換個夫君就好命 下

國家圖書館出版品預行編目資料

換個夫君就好命 / 若凌著. --
初版. -- 臺北市 : 狗屋出版社有限公司, 2022.04
冊 ; 公分. --（文創風 ; 1056-1057）
ISBN 978-986-509-315-0（下冊 : 平裝）. --

857.7 111003269

著作者	若凌
編輯	黃鈺菁
校對	陳依伶
發行所	狗屋出版社有限公司
地址	台北市104中山區龍江路71巷15號1樓
電話	02-2776-5889～0
發行字號	局版台業字845號
法律顧問	蕭雄淋律師
總經銷	知遠文化事業有限公司
電話	02-2664-8800
初版	2022年4月
國際書碼	ISBN-13　978-986-509-315-0

本著作物由北京晉江原創網絡科技有限公司授權出版

定價260元

狗屋劃撥帳號：19001626

網址：love.doghouse.com.tw　E-mail：love@doghouse.com.tw